KB188056

Challenging Youth

Challenging Youth

저자 송진숙

들
어
가
며

　사람은 누구나 살다 보면 자신이 처한 환경이나 처지에 만족하지 못하는 경우가 생긴다. 그런 상황은 이 책에 나오는 소설에서처럼 누구도 바라지 않는 파괴적인 전쟁이나 동의 없는 개인정보 유출일 수도 있고, 단순히 똑같이 되풀이되는 일상생활에 대한 불만일 수도 있다.

　이 책에 나오는 어리고 젊은 주인공들은 이런 원치 않는 상황에 도전하는 이들이다. 지루한 일상을 벗어나 친구들과 모험을 떠나는가 하면, 사라진 엄마를 찾으러 다니기도 한다. 개인 정보 유출에 항의하고 이를 예방하기 위한 방법을 고안하는가 하면, 전쟁 피해를 겪고 전쟁의 원인에 대해 생각하여 전쟁을 방지하기 위해 전쟁 범죄자를 단죄하는 재판에 참석하기도 한다.

　누군가는 어려서 아무것도 모른다며 어른의 마음대로 해도 된다고 생각한다. 하지만 이들은 어린 나이에도 주어진 것을 따르는 게 아니라 하고 싶을 것을 찾아간다. 실제로 하고 싶은 일을 하거나, 만들고 싶은 것을 만들어 낼 때는 항상 재밌고 즐거운 일만 있는 것은 아니다. 위험한 순간도 있고 잘 안 될 것만 같은 생각이 들기도 하고 매 순간 어디로 가야 할지 몰라 당황하기도 한다. 이 이야기들의 주인공들은 호기심과 즐거움을 경험하기만 해도 충분한 나이이지만 다른 사람과 함께 소통하고 대화하고 답을 찾아가기도 한다. 주변에 이들을 도와주는 친구들과 조언자들을 만나는 행운도 누렸다.

　내가 만난 몇 안 되는 어린아이들은 아직 하고 싶은 일도 모르고, 만들고 싶은 것도 모른다고 하는 아이들이 대부분이다. 그러나 언젠가 나중에 하고 싶은 일이나 만들고 싶은 것이 생겼을 때 이 이야기의 주인공과 같은 행운을 만날 수 있기를 바란다.

목 차

무덤 위에 지어진 집

09

무덤 위에 지어진 집

프롤로그

  1938년 9월 17일 레나는 폴짝거리며 징검다리를 건너는 토끼처럼 들떠 있는 분위기에 잠이 깼다. 마치 바닥을 딛고 있어야 하는 커튼이 둘둘 말려 창문 위에 올려져 있는 것처럼 레나의 발끝과 모든 것이 두둥실 떠 있는 것 같았다.

  여느 토요일처럼 햇살이 한가득 뿜어져 나오는 창문 밖에는 새들이 지저귀고 있었고, 새들이 앉아 있는 가지 끝은 바람에 살랑살랑 흔들리고 있었지만 레나는 여느 토요일과 다른, 무언가 수상한 낌새를 느꼈다. 레나는 도무지 알 수 없다는 표정으로 눈썹을 찌푸리며 덮고 있던 이불을 밀치고 침대 아래 가지런히 놓인 슬리퍼를 신었다. 그러고 나서 소리가 나지 않도록 문 쪽으로 살금살금 다가가 밖에서 무슨 일이 일어나고 있지는 않은지 문에 귀를 갖다 댔다. 한참을 기다려 봐도 아무 일도 일어나지 않았다. 평소 같으면 들려왔을 자전거를 타고 우유를 가져다주는 우유 배달부의 초인종 누르는 소리도, 엄마가 현관문을 열어 주며 그를 반갑게 맞이하는 소리도, 달그락거리며 우윳병을 건네받는 소리도 들려오지 않았다. 물론 엄마가 우유 잔을 들고 우유 잔을 받치는 쟁반처럼 힘겹게 엄마의 발걸음을 받치는 계단을 삐그덕거리며 올라오는 소리도 들리지 않았다.

레나는 더 이상 참을 수가 없어서 문을 열고 고개를 빼꼼 내밀어 좌우를 살펴보았다. 그러고는 조심스럽게 문 앞의 계단을 향해 한 발짝씩 떼기 시작했다. 여느 때와 다름없이 내려가는 계단이지만 마치 출렁다리를 건너듯 레나의 마음은 울렁거리기 시작했다. 오늘은 지난 토요일과도, 그전 토요일과도 다른 일이 하나도 생기지 않았는데 레나가 이해하지 못하는 뭔가 알 수 없는 변화가 생긴 것 같았다. 레나는 그게 무엇인지 궁금한 마음과 그것이 무서운 일일까 봐 두려운 마음이 동시에 들어 잠시 계단 위에 멈춰 섰다. 그렇지만 이내 마음을 다잡은 레나는 고개를 들고 가슴을 펴고 천천히, 그리고 꿋꿋하게 계단을 내려가기 시작했다.

계단 모퉁이를 돌아 부엌 가까이 다가가자 도마 위를 또각거리는 칼 소리가 점점 커졌다. 평소와 다름없는 규칙적이고 단조로운 소리에 레나는 긴장이 풀려 큰 소리로 엄마를 부르며 부엌 안으로 뛰어 들어갔다. 그 소리에 엄마도 하던 일을 멈추고 환하게 미소 지으며 뒤를 돌아다보고 레나를 향해 두 팔을 활짝 벌렸다. 달려가던 레나는 깜짝 놀라 그 자리에 우뚝 멈춰 섰다. 눈도, 코도, 귀도,

입도, 머리끝부터 발끝까지 엄마랑 똑같은데 엄마가 아니다. 여느 토요일과 다름없는 어느 날, 평소와 다름없는 레나의 집에서 레나는 엄마가 아닌 엄마를 만났다.

1

　눈부시게 파란 하늘에서 햇살은 부드럽게 내리쬐고 바람이 레나의 머리카락과 옷자락을 살며시 들어 올렸다 내려놓는 화창한 일요일 아침, 엄마의 손을 잡고 성당으로 가는 레나의 발걸음은 보이지 않는 사슬로 땅에 묶인 듯 무겁기만 하다. 반짝이는 작은 구슬로 장식된 끈이 발등을 부드럽게 덮는 구두를 신은 레나의 작은 발이 바닥에 닿을 때마다 순식간에 고드름이 자라나 얼어붙는 것처럼, 레나의 발걸음은 땅에 눌어붙어 떨어지지 않았다.

　무겁게 가라앉은 레나의 발은 엄마가 재촉할 때마다 힘겹게 옆으로 움직여 서로 맞물려져 돌아가는 톱니바퀴처럼 잠시 떨어졌다 그대로 또 바닥에 눌러앉았다.

　"에휴~"

　"레나, 괜찮니? 어디 아프니? 성당에 가기 싫어? 친구들이 괴롭히니?"

　나지막하게 내뱉은 레나의 한숨 소리에 엄마가 가던 길을 멈추고 걱정스러운 표정으로 레나를 내려다보았다. 레나는 아무 말 없이 고개를 저었다. 어제부터 레나는 엄마가 무슨 말을 해도 고개를 끄덕이거나 저을 뿐 엄마에게 한마디도 하지 않았다. 레나는 잔뜩 찌푸린 얼굴로 혼자서만 천연덕스럽게 눈부신 새파란 하늘을 올려다보고는 심호흡이라도 하듯 다시 한번 깊게 한숨을 내쉬고 엄마를 원망스러운 눈으로 바라보더니 그대로 발걸음을 옮겨 성당으로 향했다.

"안녕하세요, 스트로예크 씨."
"안녕하세요, 쵸즌 부인. 레나도 오랜만이구나. 잘 지냈니?"
예배 시간에 가까워지자 사람들이 하나둘씩 몰려들기 시작했고, 성당의 입구에서 서로 반갑게 인사를 나누었다. 오케스트라의 지휘자처럼 말쑥하게 차려입은 스트로예크 씨가 엄마와 레나에게 인사를 건네며 미소 지었다. 레나는 스트로예크 씨의 머리 위에 뿔처럼 돋아난 성당의 첨탑이 스트로예크 씨의 모자에 살짝 가렸다 다시 나타나는 것을 보면서 고개를 까딱 숙였다.

"레나, 제대로 예의 바르게 인사해야지."
레나는 엄마의 꾸지람을 듣는 둥 마는 둥, 사람들이 지나다니는 발자국 소리가 들려오는 쪽으로 시선을 돌렸다.

"괜찮습니다."

스트로예크 씨가 당황해하며 손사래를 쳤다. 레나는 다시 한번 스트로예크 씨에게 말없이 꾸벅 고개를 숙이고는 엄마의 손을 뿌리쳤다. 그러고는 성당으로 모여드는 사람들 사이를 헤치며 여느 일요일과 다름없이 친구들이 모여 있을 성당의 뒤편으로 뛰어갔다. 레나의 구두 굽이 딱따구리처럼 바닥에 부딪히며 또각거릴 때마다 레나의 심장도 쿵쾅거렸다.

"그게 아니라고."
"맞다고. 너는 아무것도 모르잖아."
마야와 필립이 다투는 소리가 들렸다. 모퉁이를 돌아가 보니, 두 주먹을 옆구리에 대고 팔꿈치로 다이아몬드를 만들고는 금방이라도 달려들 듯이 씩씩대며 서로를 노려보고 있는 마야와 필립이 보였다. 다른 아이들은 이들을 동그랗게 둘러싸고 눈을 반짝이며 지켜보고 있었다. 레나는 이들의 뒤를 돌아 그늘진 성당 벽에 기대서 시무룩한 표정으로 괜스레 발끝으로 바닥을 툭툭 차기 시작했다. 그러다가 레나의 발끝에 차인 작은 조약돌이 날아가 두툼한 스타킹을 신은 얀의 종아리에 떨어졌다.

"아야!"

얀이 비명을 질렀다.

"앗, 미안해. 다치지 않았니?"

레나는 미안한 마음에 두 주먹을 심장 모양으로 가슴 앞에 모으고 얀에게 다가갔다. 온통 싸움 구경에 정신이 팔려 있던 아이들은 얀의 비명을 듣고서야 레나가 온 것을 알아차렸고, 마야와 필립을 둘러싸고 있던 동그란 원의 매듭을 풀더니 흡사 굽이를 도는 작은 시냇물이나 떼 지어 나는 두루미들처럼 부드럽게 방향을 바꿔 얀과 레나를 에워쌌다.

"괜찮아. 이 정도쯤은 아무렇지도 않아."

얀이 별 것 아니라는 듯이 대답하자 안토니가 '너 좀 멋진데'라는 듯한 표정으로 얀을 툭 쳤다.

"미안해. 내가 잠깐 생각할 게 있어서 돌멩이를 못 봤…."

레나는 말을 끝맺지 못하고 갑자기 목이 메인 듯 울먹였다.

"레나, 왜 그래?"

긴장하면 손톱을 물어뜯는 버릇이 있는 한나가 걱정스러운 표정으로 물었다.

"나는 괜찮아. 그렇게 아프지는 않아. 진짜야."

얀이 당황해서 소리쳤고 아이들은 어리둥절하여 아무 말 없이

서로의 얼굴만 바라볼 뿐이었다. 레나가 급기야 주저앉아 대성통
곡하기 시작하자, 몇몇 아이들은 레나의 곁에 앉아 레나의 어깨에
팔을 두르고 팔과 머리를 쓰다듬으며 물었다.

"왜 그래? 무슨 일 있어?"

"어디 아파?"

다른 아이들이 눈빛에 원망을 섞어 무서운 표정으로 얀을 바라
보고, 금방이라도 다툴 듯이 서로를 노려보던 마야와 필립도 고개
를 돌려 얀에게 그 눈빛을 그대로 쏘아 주자, 얀은 억울하다는 듯
두 손을 내밀어 휘휘 저었다.

"에휴~"

주저앉은 채 이마를 무릎에 대고 펑펑 울던 레나가 아무 말 없이
한숨을 내쉬자, 아이들의 시선이 다시 레나에게로 향했다.

"…엄마가 없어졌어."

한참을 울기만 하던 레나가 말했다.

"무슨 소리야? 그럼 너 혼자 왔니?"

"아니."

"그럼?"

잠시 뜸을 들인 레나가 고개를 들었다. 그러고 나서 올리비아가

건넨 손수건을 받아 들어 눈가에 그렁그렁한 눈물을 닦고서도 한참을 더 훌쩍였다.

"…엄마랑 같이 왔어."

조용히 레나의 대답에 귀를 기울이던 아이들의 걱정스러운 표정이 그게 무슨 말도 안 되는 소리냐는 듯 뜨악한 표정으로 바뀌었다.

"뭐라고?"

"엄마가 없어졌다며? 같이 왔는데 없어졌다고?"

"아~, 다시 돌아오셨나 봐."

지금까지 지켜보고만 있던 폴라가 어이가 없다는 듯 묻자, 한나는 뭔가 알아차렸다는 듯 레나를 대신하여 대답했다.

"아니야. 엄마가 바뀌었어."

레나가 다시 소리쳤다.

"뭐?"

"너 어디 아프니?"

"너 돌았니? 엄마가 어떻게 바뀌냐?"

"너 거짓말하는 거지? 거짓말하면 나쁜 아이야."

"우리를 놀리는 거구나, 그렇지?"

아이들은 이제 이런 장난에는 관심 없다는 듯 콧방귀를 뀌었다. 쉬몬과 스타니슬라브는 성당 뒤편의 나무 둥치를 오르락내리락하는 딱정벌레에게로 눈을 돌리고는 깡충거리며 딱정벌레의 뒤를 손가락으로 밀어 댔다.

"그게 아니야. 아무튼 바뀌었어. 엄마가 아니야."

레나가 소리쳤지만, 아이들은 레나의 말을 들은 체 만 체 예배의 시작을 알리는 종소리를 따라 성당 쪽으로 걸음을 옮겼다.

레나는 예수님과 성모 마리아가 그려진 스테인드글라스를 통과한 햇빛이 각각의 색으로 그림자를 드리우는 제단에 물을 뿌리며 기도문을 외우고 계신 신부님을 멍하니 바라보았다. 누군가 레나를 쿡 찔러서 뒤돌아보니, 안토니가 빙긋 웃으며 쪽지를 건네주었다. 쪽지를 펴 보았더니 '우리 엄마가 아니야. 그럼 아빠인가?'라고 쓰여 있었다. 레나는 가늘게 한숨을 쉬었다. 앞쪽에서는 루시가 레나를 돌아보며 우는 시늉을 했다. 고개를 들어 한없이 높은 천장에 그려진 아기 천사들을 바라보니 아기 천사들마저 레나를 비웃는 듯했다. 레나는 암담했다.

레나는 예배를 마치고 성당에서 나와 집에 돌아가는 길에도 엄마에게 한마디도 하지 않았다. 괜스레 바닥에 드문드문 박힌 자갈만 발끝으로 툭툭 찼다. 가끔 고개를 들어 길가 가게의 쇼윈도를 바라보니, 엄마가 고개를 갸우뚱한 채 애처로운 눈빛으로 레나를 바라보는 모습이 비쳤다. 엄마는 두 눈썹 사이가 찌푸려져 주름진 이마에 손을 짚고, 꼭 다문 입술을 귀 쪽으로 살짝 당긴 채 난감하다는 표정으로 레나를 바라보았다. 먼지로 뒤덮인 작은 가로등이 있는 교차로에서 레나는 이런 엄마의 표정을 못 본 척 아무 말 없이 고개를 숙인 채 계속 앞으로 걸어갔다.

"레나, 벨라 씨네 식당에 가야지."

엄마는 그런 레나에게 의아하다는 표정으로 말했다. 엄마와 레나는 매주 일요일, 예배를 마친 후 항상 벨라 씨네 식당에 들른다. 벨라 씨네 식당은 이 교차로에서 왼쪽으로 돌아 200m 가량 떨어진 작은 식당으로, 레나와 엄마가 천천히 걸으면 5분 정도 걸린다. 유대인인 벨라 씨가 운영하는 가게는 일요일에도 가게 문을 연다.

"가서 네가 좋아하는 초코 아이스크림도 먹고."

엄마가 레나를 내려다보며 환하게 웃었다. 레나는 하마터면 비명을 지를 뻔했다. 벨라 씨의 식당에서 점심을 먹은 후, 엄마는 항상 커피를 마시고 레나는 항상 아이스크림을, 그것도 초코 아이스크림을 먹는다. 레나는 진짜 엄마가 맞는데 괜한 의심을 한 것이 아닌가 하는 생각도 들었지만 이내 마음을 고쳐먹었다. 그런 것쯤은 벨라 씨도 알고 있고 레나의 친구들도 다 알고 있다.

레나와 엄마가 가게 안으로 들어가자, 벨라 씨가 만면에 미소를 띠고 반갑게 맞아 주었다. 이유는 모르지만 엄마는 이 마을에서 벨라 씨와 가장 친하다. 벨라 씨는 항상 레나의 엄마가 특별한 존재인 것처럼 레나 엄마의 손을 잡고 자리까지 안내해 준다.

레나와 엄마는 다진 고기와 양파, 버섯을 양배추로 싸서 구운 고웡프키(Golabki)와 소시지, 베이컨, 그리고 햄과 계란이 들어간 귀리 수프인 쥬렉(Zurek)을 다 먹을 때까지 말이 없었다.

"학교에서는 잘 지내니? 괴롭히는 친구들은 없어?"

벨라 씨가 커피와 아이스크림을 가져다주면서 빈 접시들을 가져가자 엄마가 레나에게 물었다. 레나는 말없이 고개를 가로저었다.

"할머니는 당분간 러시아에 있는 친구분 집에 가 계실 거야."

"왜요?"

레나는 깜짝 놀라 자기도 모르게 엄마에게 물었다. 엄마는 설명하기 애매하다는 듯 곤란한 눈빛으로 잠시 대답이 없었다.

"할머니는 혼자 지내신 지 오래됐잖니? 그래서 이제 조금 적적하신 것 같아. 친구분과 같이 지내시는 게 낫다고 생각하시나 봐."

엄마가 머뭇거리며 대답했다.

그때 레나의 학교에서 사려 깊지 못하기로 소문난 셰링 선생님이 두 명의 친구들과 함께 벨라 씨의 가게에 요란하게 들어 와 자리를 잡고 앉았다. 벨라 씨가 이들이 주문한 메뉴를 가져다주기도 전부터 이들은 열띤 토론 중이었던 듯 언성을 높였다. 식사 중에도 선생님의 손에 든 숟가락이 선생님에 입에 들어갔다 아서 왕의 엑스칼리버처럼 허공을 갈랐다 하며 여기저기 날아 다녔다.

"피우스트스키는 폴란드를 독립시키기라도 했지만, 이그나치 모시치츠키(Ignacy Moscicki)는 도대체 뭘했길래 그렇게 오랫동안 대통령 노릇을 하고 있는 거지? 1926년부터 지금까지 13년 동안이나."

"그는 피우스트스키의 꼭두각시일 뿐이야."

"피우스트스키는 벌써 3년 전에 죽었잖아."

"주인이 죽은 노예가 뭘 해야 할지 모르고 그냥 대통령 노릇을 계속하는 것뿐이야."

"프랑코를 봐. 히틀러가 자기 나라에 폭탄을 떨어뜨려 스페인 사람들이 그렇게 많이 죽었어도 그저 전쟁에서 이기기만 하면 된다고 생각하잖아. 모시치츠키는 그것보다는 낫지."

"나는 그렇게 생각하지 않아. 두고 봐. 모시치츠키가 폴란드를 혼란에 빠뜨릴 거야."

레나는 깜짝 놀라 급히 엄마의 표정을 살펴보았다. 아무런 표정의 변화가 없었다. 레나의 할아버지 표트르는 폴란드가 독립하기 전, 피우스트스키가 이끄는 여단 소속으로 1차 세계 대전에 참전했다 사망했기 때문에 엄마는 피우스트스키의 이름만 들어도 표정이 우울해진다. 레나의 의심은 확신으로 굳어졌다. 단지 이것을 어떻게 친구들에게 설명해야 할지 모를 뿐이었다.

엄마만 바뀌지 않았더라면 더할 나위 없이 완벽한 일요일이었다. 하늘은 구름 한 점 없이 파랗고, 햇살은 봄날처럼 따뜻했다. 레나와 엄마는 노래하는 종달새처럼 산들산들 불어오는 바람에 옷자락이 나부끼는 마을 사람들과 지나가면서 고개를 끄덕여 인사를 나눴다.

레나와 엄마는 집으로 돌아가기 전, 벨라 씨네 가게와 집 사이에 있는 시장에 잠시 들렀다. 리브니크의 시장은 토요일과 일요일에만 열리는 작은 간이 시장으로, 지나다니는 사람들의 구두 뒷굽이 바닥에 부딪혀 나는 규칙적인 소리, 상인들이 파는 물건을 자랑하는 소리, 손님들과 흥정하는 소리로 가득 차 있었다. 내리쬐는 햇빛을 가리는 차양은 이들을 붙잡는 작은 기둥이 없다면 저 멀리 날아가 버리기라도 할 것처럼 바람에 펄럭이고 있었고, 그 아래 놓인 매대에는 리브니크의 들판에서 자란 식료품과 리브니크 사람들이 만든 물건들이 놓여 있었다. 매대 뒤쪽으로는 커다란 나무들이 호위병처럼 줄지어 서 있었다. 싸라기처럼 곧 떨어질 것만 같은 푸른 나뭇잎으로 뒤덮인 나뭇가지가 리브니크의 간이 시장을 방문한 사람들 머리 위에 가림막을 만들어 주었다. 집에서 삭힌 식초에서 나는 시큼한 냄새를 비롯해 갖가지 향기들이 레나의 코를 간질였다. 엄마는 여느 때처럼 간이 시장을 한 바퀴 둘러보고, 계란과 치즈, 식용유, 파라핀 오일, 설탕을 조금 샀다. 리브니크의 다른 집들과는 달리 레나네 집은 닭이나 소를 기르지 않아서 시장에서 꼭 사야 하는 것들이다. 그리고 나서 엄마는 레나가 학교에서 쓸 연필을 잊지 않고 사 주었다.

엄마와 똑같이 생겼는데 엄마가 아닌 엄마로 바뀌지 않았더라면 더할 나위 없이 완벽한 하루가 지나고, 레나는 2층에 있는 방에서 잠을 청했다. 엄마는 레나가 잠옷으로 갈아입고 침대에 눕는 동안, 창문 옆의 선반 위에 놓인 작은 책장에서 책을 하나 꺼내 왔다. 레나가 어릴 때부터 매일 읽어 주던 귀퉁이가 닳고 낡은 책이었다. 그러고는 여느 때와 다름없이 침대 옆에 놓인 의자에 앉아, 레나가 잠들 때까지 나지막한 목소리로 책을 읽어 주었다. 엄마가 읽어 주는 책을 들으면서 눈을 감고 있던 레나가 쌔근쌔근 고른 숨소리를 내며 잠들자, 엄마는 레나의 이마에 조용히 입을 맞추고 레나의 침대 옆 탁자에 놓인 램프를 들고 레나의 방을 나섰다.

2

며칠이 그렇게 흘렀다. 매일 밤 엄마는 레나를 재운 후 레나의 방을 나갔다. 그러고는 지하실로 향했다. 조용히 레나가 잠든 방의 문을 닫은 엄마가 삐그덕거리는 계단을 내려가는 소리가 들리면, 잠든 척하고 있던 레나는 살그머니 침대 밖으로 나와 작은 열쇠 구멍으로 계단을 내려가는 엄마의 뒷모습을 확인했다. 혜성의 꼬리처럼 퍼지는 노을을 남기고 서산 너머로 사라지는 해와 같이 동그란 엄마의 머리끝이 계단 아래로 내려가면, 레나는 문틈으로 새어 들어오는 조그만 소리도 놓치지 않으려고 방문에 귀를 바짝 대었다. 엄마는 계단 아래에 잠시 멈춰선 후, 찰칵 소리를 내며 몇 발짝 떨어진 지하실로 통하는 문을 열쇠로 열고 들어갔다. 그러고는 한참 동안 아무런 소리도 들리지 않다가, 다시 엄마가 지하실 밖으로 나오고 지하실 문이 잠기는 소리가 들렸다. 하루도 빠짐없이 매일 저녁 지하실은 거대한 동굴처럼 엄마를 삼켰다 다시 토해 내곤 했다.

점심을 먹은 후 레나는 학교 벽에 기댄 채 우두커니 서 있었다. 생각에 잠겨 멍하니 앞쪽에 펼쳐진 들판을 바라보고 있는데 누군가 툭 쳐서 레나가 돌아보니, 한나가 걱정스러운 눈빛으로 레나를 쳐다보고 있었다.

"레나야, 무슨 일 있니?"

다정한 한나의 물음에 레나는 하마터면 울음을 터뜨릴 뻔했으나, 레나가 대답하려고 입을 열기도 전에 안토니가 이죽거렸다.

"엄마가 없어졌겠지~."

"엄마가 바뀌었어~"

얀이 안토니를 따라 양쪽 엄지손가락을 볼 가운데 대고 고개를 좌우로 까딱까딱 움직이며 레나를 놀렸다. 레나는 그런 얀과 안토니에게 얼굴을 찌푸리고 원망스러운 눈으로 바라보았다. 한나는 얀과 안토니에게 그만두라는 눈빛을 보내고 올리비아는 한숨을 푹푹 내쉬어 보았지만 소용없었다. 얀과 안토니는 혀를 날름거리며 한나와 올리비아를 놀려 댔다.

"우리 엄마가 아니야. 우리 엄마는 지하실 문을 잠그지 않는다고."

레나가 화가 나서 소리쳤다.

"그게 무슨 말이야?"

뒤에서 지켜보고만 있던 폴라가 물었다.

"엄마가 매일 밤 나를 재우고 지하실에 갔다 와서는 지하실 문을 잠가 놔."

레나가 외쳤다.

"우리 엄마도 그런데?"

필립이 대수롭지 않다는 듯 대꾸했다.

"우리 형도 맨날 방문을 잠가 놓지."

스타니슬라브가 알 만하다는 듯 두 눈을 지그시 감고 고개를 위아래로 끄덕이며 말했다.

"우리 엄마가 형한테 한 번만 더 잠그면 문을 부숴 버린다고 했어."

스타니슬라브가 비밀이라도 알려 주는 듯 목소리를 낮춰 덧붙였다.

"그게 아니야. 우리 엄마는 지하실 문을 잠그지 않아."

"레나야, 진정해. 그것만으로는 너희 엄마가 바뀌었다는 것이 입증되지 않아."

레나의 화가 수그러들지 않자 폴라가 레나를 다독였다.

"아니야. 우리 집 지하실에는 얼마 전에 길 잃은 고양이가 새끼를 낳아서 엄마가 내게 매일 우유를 갖다주라고 했단 말이야. 엄마는 절대 지하실 문을 잠그지 않아."

레나가 씩씩대며 말을 마치자 한나와 올리비아는 놀라서 입을 다물지 못하고, 얀과 안토니는 믿기 어렵다는 듯이 눈썹을 움찔거렸다.

"너희 엄마가 혹시 깜빡 잊어버린 게 아닐까?"

필립이 조심스럽게 물었다.

"너 같으면 그걸 잊을 수 있겠니?"

마야가 필립을 팔꿈치로 밀치고 레나 앞으로 비집고 들어오면서 쏘아붙였다. 필립도 지지 않고 마야를 밀치다가 중심을 잃고 넘어졌다.

"그럼, 집에 있는 너희 엄마는 누군데?"

이 와중에도 침착함을 잃지 않은 폴라가 차분하게 되묻자, 다들 하던 일을 멈추고 눈만 끔벅거렸다.

"너희 엄마가 아닐 리가 없잖아~"

안토니는 계속 짓궂게 레나를 놀렸다.

"아니야. 나는 엄마를 꼭 찾아야 해."

레나가 다급하게 외쳤다.

"어떻게 찾을 건데? 경찰한테 집에 있는 엄마를 찾아 달라고 할 거야?"

냉정한 폴라의 물음에 레나는 아무 대답도 하지 못하고 발만 동동 굴렀다.

"야쿱에게 물어볼까?"

한나가 슬그머니 제안했다.

"야쿱? 그 돌팔이?"

마야가 미심쩍은 듯 되물었다.

"야쿱은 선물을 주지 않으면 아무것도 대답해 주지 않을걸?"

쉬몬도 기대할 것 없다는 듯 덧붙였다. 야쿱은 다른 사람들에게 자신을 '리브니크의 현자'라고 불러 달라는 괴짜로, 실상은 대가를 받고 이것저것 참견하고 훈수를 두는 것으로 먹고 사는 사람이다. 레나의 엄마처럼 야쿱이 반쯤 정신 나간 노인이니까 이것저것 돌봐 주고 얘기도 들어 줘야 된다며 불쌍해하는 마을 사람들이 있고, 얀의 엄마처럼 쓸데없는 참견과 훈수를 계속 그냥 들어 주다가는 야쿱의 착각이 더 심해져서 반쯤 나가 있는 정신이 완전히 나갈 수 있으니 조금 더 단호할 필요가 있다는 마을 사람들도 있었다.

다른 뾰족한 방법이 없는 레나와 아이들은 야쿱에게 레나의 엄마에 대해 물어보러 가기로 결정했다. 하지만 이내 야쿱에게 줄 선물을 어디에서, 어떻게 구할 수 있는지와 같은 난관 앞에서 고민에 빠졌다. 아이들은 야쿱이 선물 없이는 결코 아무것도 알려 주지 않을 것을 알고 있었기 때문에, 스타니슬라브네 사과밭에서 사과를 몇 개 따다 야쿱에게 갖다주기로 했다. 왜 굳이 스타니슬라브네 사과밭이냐면, 다른 집 사과는 이미 다 수확했는데 남들보다 조금 굼뜬 스타니슬라브네만 아직 수확하지 않은 사과가 남아 있었기 때문이었다.

사과가 가득 든 바구니를 든 아이들이 야쿱의 집 문에 노크하자, 낡아서 곧 부서질 것 같은 문틈으로 야쿱의 눈이 빠끔히 보였다. 야쿱은 어미 오리 뒤를 졸졸 쫓아다니는 한 떼의 새끼 오리들처럼 줄지어 늘어서 있는 열 명의 아이를 보고 조금 놀란 듯했으나, 이내 침착하게 문을 열고 나왔다. 최소 열흘은 씻지 않은 것 같은 야쿱의 몸과 최소 열흘은 감지 않은 것 같은 야쿱의 머리에서 뭔가가 낙엽처럼 우수수 떨어지자, 이번에는 아이들이 소스라치게 놀라 허둥지둥 몸을 피해 대열이 흐트러졌다. 그러나 야쿱 못지않게 침착한 폴라가 야쿱을 향해 사과가 든 바구니를 들어 보이자, 야쿱이 무덤덤하게 바구니를 받아 들었다.

"사과는 이미 많은데."

야쿱의 말투는 시큰둥했다.

"그럼 도로 주시든지요."

폴라의 말투도 야쿱 못지않게 단호했다.

"뭐, 많아서 나쁠 건 없지. 다들 들어오려무나. 그런데 무엇 때문에 왔니?"

야쿱은 줄지어 우르르 집 안으로 들어가는 아이들의 뒤통수에 대고 물었다.

야쿱의 집 안에는 문짝처럼 낡아서 부서지기 일보 직전인 책장과 침대가 하나 있을 뿐, 휑하니 썰렁하기 짝이 없었다. 침대와 바닥에는 날짜가 지난 꾸깃꾸깃한 신문들과 헌책들이 아무렇게나 놓여 있었고, 한쪽 구석에는 사과가 든 상자와 몇 가지 식료품들이 쌓여 있었다. 한나와 올리비아는 저런 지저분한 것들에는 신체의 일부도 닿고 싶지 않다는 듯, 둘이 손을 꼭 붙잡고 한쪽 발씩 번갈아 가며 깡충거렸다.

"엄마가 바뀌었어요."

레나가 바구니에 든 사과를 한쪽 구석에 있는 상자에 옮겨 담은 후, 침대 끝에 걸터앉은 야쿱을 향해 외쳤다.

"레나의 엄마가 없어졌대요."

폴라는 야쿱의 손에서 빈 바구니를 낚아채며, 레나의 표현을 조금 고쳐 주었다.

"효즌 부인은 길에서 얼마 전에 봤는데, 언제 없어지셨는데? 잠깐 외출하신 게 아니고?"

야쿱이 의아하다는 듯 되물었다. 그러자 마야와 필립, 쉬몬과 스타니슬라브가 번갈아 가며 그동안 있었던 일을 이것저것 설명하기 시작했다.

"그것참 이상한 일이구나."

아이들의 설명을 다 듣고 나서 야쿱이 나지막하게 중얼거렸다.

"레나의 엄마와는 상관이 없겠지만 요즘에는 많은 사람들이 여기저기로 떠나고 숨는단다."

야쿱이 덧붙였다.

"왜요?"

스타니슬라브가 물었다.

"전쟁이 날 거라고 생각하거든."

야쿱이 대답했다. 그러고는 바닥에 놓인 책과 신문들을 아무렇게나 들었다 놨다 하는 얀과 안토니의 발밑에서 신문을 한 장 끄집어내서 가져와 아이들에게 보여 주었다.

"저는 아직 글자를 다 못 읽는데요."

스타니슬라브가 야쿱이 내민 신문을 보고 수줍게 고백하자, 야쿱은 아이들에게 소리 내어 신문을 읽어 주었다. 1937년 4월 26일 내전 중인 스페인 바스크 지방의 게르니카에서 독일 콘도르 군단이 폭탄을 투하하여, 게르니카 인구의 1/3인 1,654명이 죽고 889명이 다쳤다는 내용이었다.

"내전이 뭐예요?"

"내전은 같은 나라 사람들끼리 싸우는 전쟁이야."

한나가 똘망똘망한 눈을 빛내며 묻자, 야쿱이 대답했다.

"스페인 사람들은 왜 같은 나라 사람들끼리 싸워요?"

올리비아가 물었다.

"그럼 마야랑 필립은 왜 맨날 싸우냐?"

쉬몬이 올리비아에게 별걸 다 묻는다는 투로 되물었다.

"사람들은 제각각 믿는 게 다 다르단다."

지켜보던 야쿱은 뭔가 설명하기 곤란한 질문을 받은 것처럼 나지막하게 한숨을 쉬고 말을 이었다.

"스페인의 땅을 스페인 사람들에게 나눠 줘야 된다고 믿는 사람들과 이미 땅을 많이 가지고 있는 사람들이 싸우는 거란다."

"스페인 내전인데 왜 독일이 폭격을 해요?"

폴라가 고개를 갸우뚱하며 물었다.

"그래서 사람들이 독일이 전쟁을 일으키려고 준비하는 것이 아닌가 하고 의심하는 거야. 독일이 앞으로 일으킬 전쟁에 사용할 무기를 스페인에서 시험해 본 것이 아닌가 하고."

야쿱은 폴라의 날카로운 질문에 흠칫 놀라며 대답했다. 야쿱은 폴라를 다시 보는 듯했다.

"독일에서는 지금 독일인들이 유대인들을 싫어해서 유대인 가게를 부수고 유대인들을 차별하고 폭행하기 때문에 유럽의 많은 유대인이 겁내고 있단다. 독일이 전쟁을 일으켜 자신들이 살고 있는 땅을 점령하면 자신들도 그렇게 피해를 보게 될까 봐. 그래서 전쟁이 나기 전에 유럽이 아닌 곳으로 도망가거나 숨으려고 하지. 유대인이 아닌 사람들도 게르니카 사람들처럼 전쟁이 나면 죽을까 봐 겁이 나서 어디론가 떠나거나 숨고 싶겠지만 독일군이 어디를 공격할지 모르고 일단 자신들은 유대인은 아니니까 그냥 있는 거야."

야쿱이 친절하게 설명했다.

"그런데 독일은 왜 전쟁을 하려고 하나요?"

"유대인들을 왜 싫어해요?"

야쿱은 두 손을 들고 여기저기서 모이를 달라고 조르는 아기 새들처럼 재잘대는 아이들의 질문을 제지한 다음 입을 열었다.

"지금도 많은 나라들이 스페인에 무기를 팔아서 돈을 벌고 있단다. 전쟁은 확실히 돈이 되지."

야쿱은 혼잣말이라도 하듯 중얼거린 다음, 목을 한 번 가다듬고 계속 말을 이었다.

"그것도 그렇지만 많은 사람은 사는 게 힘들거나 각자 나름대로 불만들이 있어. 그럴수록 사람들은 자신이 부당한 대우를 받고 있다고 생각하며, 그런 자신들의 상황이나 현실의 어려움을 해결해 줄 강력한 존재에 대한 환상을 가지게 되지. 종종 정치 지도자들은 대중들이 그런 환상을 자기 자신에게 투영해서 자신을 지지해 주기를 바란단다. 그래서 이기는 모습을 보여 주고 싶어 해. 전쟁은 그런 힘을 보여 줄 수 있는 거대한 무대란다."

아이들은 전혀 무슨 말인지 모르겠다는 눈빛으로 야쿱을 바라보았다. 이 아이들에게 쫑긋한 귀나 꼬리가 달려 있다면 야쿱을 향해 천진난만하게 흔들고 있었을 것이다. 야쿱은 잠시 생각에 잠긴 다음 설명을 이어 나갔다.

"독일은 예전에 너희들이 태어나기도 전에 이미 한 번 전쟁을 일으켰단다. 그 잘못에 대한 벌로 많은 전쟁 배상금을 내야 해. 그것 때문에 독일 사람들이 힘들어하고 있지. 자신들이 쓸 것도 부족한데 벌금을 내야 하니까. 자신들이 결정한 것도 아니고 예전의 독일 지도자들이 결정한 것 때문에 자신들이 가난해지니 불만이 쌓일 만도 하지.”

야쿱은 잠시 멈춘 다음 아이들을 둘러보았다.

“이렇게 사람들의 불만이 눈덩이처럼 커지고 있을 때, 히틀러라는 자가 나타났단다. 히틀러는 독일 사람들을 아주 잘 알고 있었어. 그래서 독일인들이 내기 싫어하는 전쟁 배상금을 내는 데 반대하고, 독일 사람들에게 일자리를 줬지. 그리고 과거에 전쟁을 일으켰다는 잘못 때문에 비난을 받는 독일인의 사기와 자신감을 올리기 위해 독일 민족인 게르만인이 다른 민족과 비교해 가장 우월하다고 주장하면서, 미워하고 괴롭힐 수 있는 열등한 상대를 골라 줬단다. 사람들은 약자를 괴롭히면 자신이 강하다고 착각하는 경향이 있거든. 그게 유대인이야.”

아이들은 조금 전과는 달리 아예 모르겠다는 눈빛은 아니었다.

“왜요? 왜 유대인을 골랐어요?”

마야가 물었다.

"특별히 유대인일 필요는 없었어. 사람들은 해야 할 일을 미룰 이유를 찾는 데 천재적인 것만큼이나 자신이 싫어하는 상대방의 단점을 찾아내는 데도 머리가 아주 잘 돌아가지."

야쿱이 마야의 질문에 대답했다.

"아주 오래전에 쓰인 성경에서 옛날 옛적에 유대인인 유다가 예수를 팔아넘겼다고 해서 유대인들은 이미 자신들이 원래 살고 있던 예루살렘에서 살 수 없게 됐거든. 그래서 유럽 여기저기에 흩어져 살고 있는데, 이들은 머리도 좋고 계산도 빨라서 장사도 잘하고 풍족하게 잘사는 사람들이 꽤 있었어. 그래서 가난한 독일인들 중에는 독일인도 아닌 이들이 자신이 가질 수도 있었던 재산과 지위를 가지고 있다고 생각하고 싫어하는 사람들이 있지. 유대인들의 재산과 지위가 원래는 독일인의 것인데 유대인들이 빼앗아 갔다고 생각하는 사람들이 있단다."

야쿱이 잠시 말을 멈추자 아이들은 귀를 쫑긋 세우고 다음 이야기를 기다렸다.

"히틀러도 그런 사람들 중 하나이고 그런 사람들의 생각을 잘 이용했어. 그리고 유대인들은 히틀러가 괴롭혀도 하소연하거나 히틀러를 혼내 줄 국가가 없단다. 그래서 히틀러와 독일인들은 자신의 힘을 드러내고 손쉽게 이길 수 있는 상대로 유대인을 선택했을 수도 있지. 그런데 얘들아, 이제 좀 피곤하구나. 더 궁금한 게 있으면 다음에 다시 오겠니?”

이야기를 마친 야쿱은 아이들이 가져온 사과만큼의 이야기는 다 해 줬다는 듯 침대에 기댔다. 아이들이 순순히 자리에서 일어나 문 쪽으로 향하자 야쿱이 돌아누웠다.

“때로는 같은 사람이 전혀 다르게 느껴질 수도 있고, 전혀 다른 두 사람이 똑같이 생각될 때도 있단다.”

떠나는 아이들의 뒤통수에 대고 야쿱은 뭔지 알 듯 말 듯 한 혼잣말을 중얼거렸다.

“그것 봐. 내가 야쿱은 아무것도 모를 거라고 했지?”

야쿱의 집을 나와 금방이라도 부서질 듯한 문을 닫고 나자, 안토니가 아이들에게 그것 보라는 듯 의기양양하게 외쳤다.

3

레나와 아이들은 마을 사람들에게 레나의 엄마를 찾는다며 비웃음을 사는 대신, 누구라고 정확히 밝히진 않고 사라진 사람을 찾으려면 어떻게 해야 하냐고 묻기로 했다. 괜히 멀쩡히 돌아다니는 레나의 엄마를 놓고 무슨 꿍꿍이냐는 핀잔을 듣지 않기 위해서였다.

일요일 예배를 마치고 레나는 고해성사실로 향하는 신부님의 옷자락을 붙잡았다.

"무슨 일이니, 얘야?"

신부님은 가던 길을 멈추고 예배드릴 때 항상 쓰고 다니는 작고 동그란 안경을 살짝 들어 올리며 느릿느릿 거북이가 기어가는 듯한 말투로 레나에게 물었다. 신부님은 이미 지난 세기인 19세기 말에 리브니크에 부임하여 예배를 드리기 시작한 아주 나이가 많으신 분인데, 리브니크에 사는 아이들의 이름을 다 기억하지는 못하기 때문에 대부분의 아이들을 '아가야' 혹은 그냥 '얘야' 하고 부르신다.

"신부님, 누가 없어졌는데 그 사람을 어떻게 찾아요?"

레나의 뜬금없는 질문에 신부님은 어안이 벙벙했다.

"누가 없어졌는데?"

레나는 대답하기 싫다는 듯 아무 말 없이 신부님의 눈치만 보았다.

"어른이니? 아이니?"

머뭇거리는 레나에게 신부님이 다시 물었다.

"어른이요."

"아이들이 없어지지 않아서 다행이구나. 그런데 어른이면 잠시 집을 떠나 어디론가 간 게 아니냐?"

"아니에요."

레나는 그냥 가출한 것이 아니냐는 듯한 신부님의 반응에 단호하게 맞섰다.

"누군가 납치해 간 거냐?"

"누가요? 왜요?"

"글쎄, 나야 모르지만 가끔 사람들을 납치해서 어딘가에 숨겨 놓고 돈을 받아야만 돌려보내 주는 나쁜 사람들이 있거든."

레나는 가슴이 철렁 내려앉았다.

"저는 돈이 없는데요."

레나는 야쿱에게 줄 사과 정도는 들판의 사과밭에서 얼마든지

구할 수 있었지만, 엄마와 바꿀 돈을 어디에서 구할지 알 수 없어 눈앞이 캄캄해졌다.

"네가 아는 사람 중에 누가 납치된 거냐? 그러면 경찰에게 찾아 달라고 해야 하지 않을까?"

신부님은 이런 레나의 반응이 의아했지만, 잠시 곰곰이 생각해 본 뒤 성실하게 대답해 주었다.

"신부님, 감사합니다."

그러나 레나는 신부님의 말을 듣는 둥 마는 둥, 이렇게 답하고는 성당의 뒤편에서 자신을 기다리고 있을 친구들에게 달려갔다.

레나에게서 신부님과의 대화를 전해 들은 아이들은 신부님도 야 쿱과 마찬가지로 아무것도 모른다고 투덜거리면서도, 레나가 레나 의 엄마와 교환할 돈을 절대 구할 수 없다는 데에는 의견이 일치했 다. 아이들은 레나의 엄마를 납치한 누군가가 돈을 요구하기 전에 납치범이 레나 엄마를 숨겨 놓은 장소를 찾아내기로 결정했다. 물 론 10명의 아이들이 모두 누군가 레나의 진짜 엄마를 납치했다고 믿는 것은 아니었지만 달리 할 수 있는 것도, 이것만큼 흥미진진한 일도 없었다.

"우리 엄마를 특별히 납치할 사람은 없는 것 같은데?"

레나는 전혀 모르겠다는 표정이었다.

"맞아. 이 마을에는 레나의 엄마를 납치할 사람이 없어."

한나가 맞장구를 쳤다.

"너희 엄마랑 사이가 좋지 않은 사람 없니?"

레나는 마야의 질문에 고개를 가로저었다.

"마을 사람이 아니고 외부인이 아닐까?"

안토니가 넌지시 질문을 던졌다.

"아니야. 외부인이 마을에 왔다면 아무도 눈치채지 못했을 리가 없어."

다들 폴라의 예리한 지적에 동의했다. 떠돌아다니며 물건을 파는 상인만 지나가도 다들 아는 작은 동네에서, 레나의 엄마를 납치할 만한 외부인이 마을에 잠입했다면 마을 사람들이 모를 리가 없었다.

"전혀 의외의 사람일 수도 있잖아. 겉으로는 평범해 보이는데 연쇄 살인마나 납치범일 수도 있고."

다들 얀이 내뱉은 한 마디에 소스라치게 놀랐다. 특히나 레나는 그럴 리가 없다고 생각하면서도, 엄마가 숨겨진 연쇄 살인마에게 끌려갔을 수도 있다고 생각하니 몸서리가 쳐졌다.

"야쿱이 아닐까?"

"아니야. 우리가 야쿱의 집에 가서 봤잖아. 레나의 엄마를 숨길 만한 데가 없어."

필립은 야쿱을 의심했지만, 폴라가 말도 안 된다는 듯 대꾸했다. 다들 레나의 엄마는커녕 야쿱도 숨을 데가 없는 부서져 가는 야쿱의 집을 떠올리며 고개를 가로저었다.

"누군가 레나의 엄마를 납치했다면 어디에 숨겼을까?"

갑작스러운 스타니슬라브의 물음에 다들 웅성거리던 대화를 멈추고 잠시 생각에 잠겼다.

"납치한 범인의 집이 아닐까? 지하실 같은 데에 레나 엄마를 감금해 놨을 수도 있잖아."

안토니가 손가락을 활짝 편 두 손을 머리 위로 올리면서 유령처럼 다른 아이들에게 놀라게 하자, 겁이 많은 한나와 올리비아가 꺄악 소리를 지르며 도망쳤다.

"그럼 혹시 레나 엄마가 레나 엄마를 납치한 게 아니야? 레나의 집 지하실이 잠겨 있다면서?"

쉬몬이 조심스럽게 지적했다.

"맞아, 그랬지. 그런데 어떻게 확인하지?"

평소에도 모든 근심 걱정을 혼자 짊어지고 다니는 것 같은 올리비아의 얼굴에 수심이 한가득 넘쳐났다.

"우리가 마을의 모든 집을 청소해 준다고 하면서 찾아보는 게 어떨까?"

한참을 서로의 얼굴만 바라보며 아무 말이 없던 아이들에게 해결책을 제시한 것은 언제나 그렇듯 폴라였다. 아이들은 당장 내일부터 학교 끝난 후 하루에 한 집씩 청소를 시작하기로 결정하면서, 뭔가 새로운 모험이라도 떠나는 듯 괜스레 신이 났다.

4

맨 처음 아이들에 의해 청소를 당한 집은 스트로예크 씨 댁이었다. 마을 제일 바깥쪽 입구에 있을 뿐만 아니라, 도무지 거절이라고는 모르는 스트로예크 씨이기 때문에 아이들은 이 집을 첫 번째 타깃으로 정하고 청소를 시작했다. 지하실부터 다락방, 굴뚝까지 샅샅이 뒤진 후에도 아무것도 발견하지 못하고 집을 나서는 아이들에게 스트로예크 씨가 수고했다며 10그로시짜리 지폐를 한 장 건네주었다.

스트로예크 씨가 건넨 지폐를 받아 든 아이들은 혼란에 빠졌다. 돈을 벌려고 시작한 일은 아니었는데 예기치 않게 대가를 받자 다음번 청소할 집에서도 대가를 받아야 하는지 정확히 알 수는 없지만, 대가를 받을 수도 있다는 기대 때문이었다.

"야쿱도 사람들이 묻는 거에 대답해 주고 뭘 받는데, 우리도 청소한 다음에 대가를 받아야 하지 않을까?"

필립이 조심스럽게 말을 꺼냈다.

"우리가 청소하고 돈을 달라고 하면 청소하지 말고 그냥 가라고 할 것 같은데?"

올리비아도 필립 못지않게 조심스러웠다.

"내 생각에는 오늘처럼 주면 받고 안 주면 안 받는 게 나을 거 같아. 일단 레나의 엄마가 숨겨져 있는지 찾는 것이 우선이니까."

결론을 내리는 것은 언제나 폴라였다. 아이들은 서쪽으로 뉘엿 뉘엿 지는 해가 내뿜는 빨간 입김이 산등성이를 따라 흘러 나가는 것을 보고, 부모님에게 혼나기 전에 서둘러 집으로 향했다.

다음날은 스타니슬라브네 집을, 그다음 날은 쉬몬네 집을, 아이들은 이렇게 차례차례로 마을의 모든 집을 청소해 나갔다.

하지만 그 어느 곳에서도 레나의 엄마를 찾을 수 없었고, 다른 누구도 아이들에게 스트로예크 씨와 같이 청소한 대가로 10그로시는커녕 아무것도 주지 않았으나, 아이들은 안토니네 집 지하실 선반 뒤에서 안토니네 아빠가 숨겨 놓은 비상금을 발견했다. 뜻밖의 수확이었다. 그 뒤로 한동안 안토니의 아빠는 뭔가를 잃어버린 듯 떨떠름한 표정으로 돌아다녔으나 아이들은 모른 척했다.

그러던 어느 날, 셰링 선생님이 학교를 마치고 귀가하는 레나와 아이들을 붙잡았다.

"너희들이 요새 이 마을에 있는 집이란 집들은 다 청소하고 다닌다지?"

"네, 그런데요."

항상 찌푸린 얼굴의 선생님답지 않게 두 눈을 반짝이는 셰링 선생님을 의심쩍은 표정으로 바라보던 안토니가 뾰로통하게 대답했다.

"잘 됐다. 내일 와서 학교 청소 좀 할래?"

"네?"

도망가는 양 떼를 잡으려는 양치기처럼 셰링 선생님이 아이들을 옴짝달싹 못 하게 붙잡고 물었다. 아이들은 쭈뼛거리며 서로의 얼굴만 바라볼 뿐 아무 대답이 없었다.

"왜? 싫으니?"

셰링 선생님이 재차 다그쳤다.

"저, 선생님. 스트로예크 씨는 저희가 스트로예크 씨 댁을 청소한 다음에 10그로시를 주셨거든요?"

폴라가 다른 아이들을 둘러보며 조심스럽게 물었다. 그러자 셰링 선생님은 당황한 표정으로 잠시 생각에 잠긴 듯 아무 말이 없었다.

"그런데 학교는 스트로예크 씨 댁보다는 더 넓을 것 같거든요."

폴라가 평소답지 않게 조금 느릿느릿한 말투로 말을 잇자 셰링 선생님의 표정은 조금 더 일그러졌다.

"그래서?"

"그래서 아무래도 학교를 청소한 다음에는 30그로시는 받아야 할 것 같아서요."

폴라가 대답하자, 다른 아이들도 고개를 위아래로 크게 끄덕였다.

"선생님 생각에는 말이다."

잠시 뜸을 들이던 셰링 선생님도 폴라와 마찬가지로 조금 느릿한 말투로 말을 꺼냈다.

"학교가 스트로예크 씨 댁보다 3배나 넓을 것 같지는 않거든? 스트로예크 씨 댁은 꽤나 크니까 말이야."

셰링 선생님의 대답을 들은 아이들의 표정은 조금 굳어졌고, 자기도 모르게 선생님을 바라보는 눈매가 조금 매서워졌다.

"선생님 생각에는 스트로예크 씨 댁이 학교의 절반 크기 정도 될 것 같구나. 그래서 20그로시 정도가 적당할 것 같은데?"

셰링 선생님의 제안을 들은 아이들의 눈초리가 조금 더 올라갔다.

"학교가 그것보다는 큰 것 같은데, 25그로시는 받아야 할 것 같습니다, 존경하는 선생님."

폴라의 말투는 더 이상 물러서지 않겠다는 듯 단호했다.

"그래, 그러자꾸나."

셰링 선생님은 크게 심호흡을 하고 뭔가가 껄끄러운 듯한 대답을 내쉬는 숨에 실어 보냈다.

다음 날 아침 아이들이 학교에 가 보니, 셰링 선생님이 벨라 씨네 식당에서 본 두 명의 친구와 함께 교실에서 카드놀이를 하고 있었다. 아이들이 교실에 들어서자, 셰링 선생님은 눈짓으로 빗자루와 밀대, 양동이가 놓인 구석을 가리켰다. 아이들은 각자 도구를 하나씩 들고, 뿔뿔이 흩어져 학교 안을 청소하기 시작했다. 레나와 폴라는 셰링 선생님과 두 명의 친구가 한가로이 카드놀이를 하는 교실에 남아 바닥을 쓸고 창문을 닦았다. 듣자 하니 두 명의 친구 중 한 명은 러시아 출신의 이고르라는 떠돌이 외판원이었고, 다른 한 명은 독일 출신의 브루노라는 전직 제약회사 직원이었다.

"독일이 다시 전쟁을 할 것 같아?"

두 손에 펼쳐 든 카드를 뚫어지게 바라보던 셰링 선생님이 브루노에게 물었다.

"글쎄, 아마도."

브루노가 대답했다.

"왜? 20년 전 전쟁에서도 지지 않았나? 또다시 전쟁을 일으켜서 얻을 게 뭐지?"

손에 든 카드 중 하나를 내려놓으며 이고르가 물었다.

"그러게 말이야. 예전에 독일이 일으킨 전쟁 때문에 이익을 얻은 것은 그 덕분에 오스트리아-헝가리 제국에서 분리 독립한 폴란드나 체코슬로바키아밖에 없는데."

셰링 선생님은 이고르가 낸 카드가 별로 마음에 안 들었는지 찌푸린 얼굴로 중얼거렸다.

"덴마크와 프랑스도 독일로부터 땅을 조금 얻기는 했잖아."

브루노가 다음에 낼 패를 고르는지, 손에 든 카드를 손가락으로 톡톡 두드리며 말했다.

"알자스-로렌 지방은 원래 프랑스 땅이지 않았나? 프랑스가 돌려받은 것 아닌가?"

셰링 선생님이 지적했다.

"아무튼 독일은 얻은 것 없이 잃기만 하면서 왜 또 전쟁을 하려는 거지?"

셰링 선생님이 말을 이었다.

"얻은 게 없기는. 독일은 영국 왕실의 후손인 빌헬름 2세의 군주제를 잃은 대신 바이마르 공화국과 히틀러를 얻었지."

"나아진 것이 조금도 없는 것 같은데?"

브루노의 자조적인 대꾸에 셰링 선생님은 특유의 한껏 비꼬는 듯한 말투로 응수했다.

"지난번 전쟁에서는 보스니아-헤르체고비나에 있는 사라예보에서 오스트리아 황태자와 황태자비가 세르비아인에게 살해되었다고 독일이 러시아, 프랑스, 영국, 미국과 싸웠잖아? 독일이 저 지역에서 전쟁을 일으킬 만큼 트집 잡을 게 뭐가 있고, 저 많은 나라들이 참전할 만한 이유가 뭐가 있지? 독일이 오스트리아와 삼국 동맹을 맺었지만, 오스트리아인 두 명이 죽었다고 몇백만 명을 죽일 만큼 분개할 이유는 전혀 없어. 그러니까 이번에도 어디에서, 어떻게 터질지 아무도 모른다는 거야, 내 말은."

이렇게 말하는 이고르의 말투도 곱지만은 않았다.

"오스트리아-헝가리와 보스니아-헤르체고비나, 세르비아는 어디론가 사라져서 독일과 러시아, 프랑스, 영국, 미국이 대신 싸워 줬나 보네. 자네처럼 무슨 패를 내야 할지 몰라 땅으로 꺼졌나? 그래서 독일이 대신 싸워 줬나?"

브루노는 자기 차례가 되었는데도 카드를 내지 않고 머뭇거리는 셰링 선생님의 옆구리를 쿡쿡 찌르며 낄낄거렸다.

"독일이 전쟁을 시작하기 훨씬 전인 19세기에도 발칸 반도에 있는 세르비아나 보스니아-헤르체고비나 같은 나라는 오스만 제국의 지배를 받고 있었어."

이고르가 다들 알지 않느냐는 눈빛으로 셰링 선생님과 브루노를 흘긋 쳐다보았다.

"그런데 러시아가 오스만 제국과 싸워 1878년에 보스니아-헤르체고비나를 오스만 제국에서 분리했더니, 이번에는 오스만 대신 오스트리아-헝가리한테 합병되어 버렸지 않나? 죽 쒀서 개 준 꼴이지."

러시아인인 이고르가 계속 이죽거렸다.

"발칸 반도에 있는 작은 나라들에는 오스만 제국과 오스트리아-헝가리 같은 제국들이 번갈아 가며 영향력을 행사하지 않았나? 그러게 러시아는 왜 쓸데없이 참견해서 힘을 빼고 그랬나? 러시아나 독일은 쓸데없이 전쟁을 일으켜 남 좋은 일만 했네."

셰링 선생님은 결국 손에 든 카드 중 하나를 내려놓았는데, 마음에 썩 들지는 않았는지 계속 혀를 끌끌 차며 중얼거렸다.

"세르비아나 보스니아-헤르체고비나나 다 우리 슬라브 민족 아닌가?"

러시아인인 이고르가 당연한 것을 묻는다는 표정으로 셰링 선생님을 바라보았다.

"이러다 전 세계 사람들이 다 슬라브 민족이라고 우기겠네. 서쪽에 있다고 폴란드, 체코슬로바키아는 서슬라브 민족, 동쪽에 있다고 러시아, 벨라루스, 우크라이나는 동슬라브 민족, 남쪽에 있다고 세르비아, 크로아티아, 슬로베니아, 마케도니아는 남슬라브 민족이니 슬라브 민족이 아닌 데가 없는데, 그러면 러시아는 싸움 날 때마다 낄 텐가?"

셰링 선생님이 코웃음을 쳤다. 러시아나 독일의 전쟁만큼이나 카드놀이 또한 셰링 선생님 마음대로 되지는 않는 듯 선생님의 찌푸린 얼굴이 더욱 찌푸려졌다.

"아무튼, 1882년에 독일과 이탈리아, 오스트리아가 삼국 동맹을 맺으니 그 바깥쪽에 있는 영국, 프랑스, 러시아가 삼국 협상을 맺어 삼국 동맹을 에워싸지 않았나?"

"그랬지."

브루노가 이고르의 말에 맞장구를 쳤다.

"산업 혁명 이후에 상품의 생산 속도가 빨라지고 생산량이 많아져서 남는 상품을 내다 팔고 원재료를 값싸게 구하려면 식민지가 있는 게 유리하니까 영국이나 프랑스는 해외에 식민지를 많이 가지고 있었는데, 이제 막 공업이 발전하기 시작한 독일이 둘러보니 식민지로 삼을 만한 땅이 별로 남아 있지 않았어. 그래서 이들처럼 식민지를 갖고 싶은 오스트리아, 이탈리아와 영국, 프랑스, 러시아에 맞서기 위해 손을 잡은 게 삼국 동맹이지."

셰링 선생님의 뒤를 이어 이고르가 다시 손에서 카드를 내려놓으며 누구에게 하는지 모를 설명을 이어 나갔다.

"거기에 러시아는 왜 꼈나?"

내야 할 카드를 고를 때 카드를 손가락으로 툭툭 두드리는 버릇이 있는 브루노가 러시아 태생인 이고르에게 물었다.

"나의 조국 러시아는 쓸데없이 아무 데나 끼는 버릇이 있다네. 폴란드의 차르이기도 하셨던 러시아 차르 니콜라이 2세에게 영국

빅토리아 여왕의 외손녀이신 알렉산드라 왕후나 왕후를 뒤에서 조종하기로 유명하신 라스푸틴께서 삼국 협상을 맺으라고 조언이라도 했나?"

이고르가 껄껄 웃으며 조롱 섞인 말투로 빈정거렸다.

"니콜라이 2세나 알렉산드라 왕후나 1905년 10월 피의 일요일 이후에도 정신 못 차리고 아무 데나 끼어드는 것을 참지 못한 러시아인들이 1917년 11월 혁명으로 군주제를 폐지하고 의회제인 소비에트로 바꿨지. 그래서 러시아는 1918년 전쟁이 끝나기 전에 운 좋게도 전쟁에서 빠질 수 있었다네."

"그러면 뭐 하나? 1921년 흉년에 300만 명이 굶어 죽고 1924년 레닌이 죽은 후 스탈린이란 놈이 권력을 장악해 의회제인 소비에트를 독재 지배했는데."

"그 많은 피를 흘리고도 러시아도 독일만큼이나 얻은 게 없네 그려."

브루노가 이고르의 자조 섞인 한탄에 맞장구를 쳤다.

"아무튼 방귀 뀐 놈이 성낸다고 삼국 동맹 중 하나인 오스트리아-헝가리 제국이 세르비아가 알바니아와 몬테네그로를 식민지로 합병하려던 것을 반대했어. 그래서 화가 난 세르비아인이 사라예보를 방문한 오스트리아 황태자와 황태자비를 죽였다네. 동맹국인 오스트리아가 당한 일을 참을 수 없었다고 주장하는 독일과 슬라브 민족인 세르비아를 두둔한 러시아가 싸우게 됐으니, 그렇게도 전쟁이 일어날 수 있다는 게 참 아이러니한 일이지."

브루노가 카드를 골라내는 동안, 이고르의 푸념이 계속되었다.

"그 전에 이미 싸우고 싶었던 생각이 있었던 게지. 울고 싶은 놈 뺨 때려 준다는 것이 딱 그 짝이야. 식민지 제국주의 사다리에서 제일 말단인 세르비아가 알바니아와 몬테네그로를 식민지로 삼고 싶어서 중간책인 삼국 동맹을 들이받았는데 중간책이 화가 나서 식민지 제국주의 사다리의 꼭대기인 삼국 협상에 화풀이한 격이네."

셰링 선생님이 한마디 거들었다.

"아무튼 결과적으로 폴란드와 체코슬로바키아가 독립했으니 폴란드인인 나는 불만이 없네."

자기 차례가 된 셰링 선생님이 카드를 내려놓으며 덧붙였다.

그사이 청소를 마친 아이들이 다시 교실로 모여들었다. 그것을 본 이고르는 껄껄 웃으면서 난처한 표정의 셰링 선생님을 손가락으로 가리키며 저것 보라는 듯 손가락을 위아래로 몇 번 흔들었다.

"얘들아, 너희 선생님은 오늘 다 잃어서 너희에게 줄 돈이 한 푼도 없단다."

아이들의 표정은 어두워졌지만 브루노는 웃음을 참을 수 없다는 듯 계속 키득거렸다.

"대신 25그로시는 내가 주마. 나중에 너희 선생님한테 받아야 하는 많은 돈에 그냥 25그로시가 추가되는 것뿐이란다."

이고르의 말을 들은 아이들의 표정이 다시 밝아졌다. 레나와 아이들은 이고르가 주는 25그로시를 받아 들고 신나게 교실을 뛰쳐나왔다.

5

마을에 있는 집들을 거의 다 청소해 갈 무렵, 아빠의 심부름으로 야쿱의 집에 목공용 책을 빌리러 간 한나가 아주 오래된 신문을 한 부 들고 왔다. 그 신문에는 리브니크 가장 외곽에 있는 스트로예크 씨 댁에서 2km 정도 더 가면 올라갔다 내려오는 데 한나절 정도 걸리는 산이 하나 있는데, 십여 년 전 그 산에 있는 동굴에서 누군 가의 해골이 발견되었다는 기사가 실려 있었다. 레나를 비롯한 아 이들은 모두 깜짝 놀랐다. 리브니크에서 그렇게 가까운 곳에 산이 있는 줄도 몰랐지만, 그런 곳이 있다면 아무리 납치범이 멍청할지 라도 자기 집 대신 산속 동굴에 납치한 사람을 숨겨 놨을 것이 빤 하기 때문이었다. 아이들은 잠시 마을 집 청소를 멈추고 동굴로 가 서 확인해 보기로 결정했다.

아이들이 동굴을 찾아보기로 한 날 아침, 구름은 많았지만 구름 뒤의 하늘은 파랗고 바람도 잔잔했다. 레나의 엄마를 비롯한 마을 사람들은 저 병아리들이 토요일 아침부터 어디로 저렇게 즐겁게 떼 지어 가는지 궁금했지만, 부모를 귀찮게 하는 대신 아이들끼리 잘 지내는 것이 대견하여 아무 말 없이 그냥 지켜보았다.

 아이들은 드디어 신문에서 본 산기슭에 도착했다. 마을 어귀를 지나고 나서도 한 시간 조금 넘게 걸리고 난 후였다. 이들은 벌써 지쳐서 잠깐 쉬기로 했다. 예상과는 달리, 아래에서 올려다본 산은 무척이나 높았고 둘레는 뚱뚱한 신부님의 허리둘레만큼이나 넓었다. 깐깐한 폴라는 동굴 속에서 해골을 발견했다는 신문은 그 동굴이 도대체 산의 어디쯤 있는지 왜 써 놓지 않았냐며 화를 냈다. 그렇다고 흩어져서 동굴을 찾았다가는 다시 못 만날 확률이 크기 때문에 폴라와 레나는 다 같이 동굴을 찾아보기로 했다. 소풍인 줄 알고 왔는데 대장정을 떠나야 한다는 것을 알게 된 얀과 안토니는 불만을 쏟아냈지만, 아이들은 이내 마음을 가다듬고 산을 오르기 시작했다.

 날씨도 좋고 바람도 잔잔하고 시냇물도 졸졸 흐르고 울창한 나무들의 뻗은 가지에 주렁주렁 매달린 나뭇잎들 위로 햇빛이 살랑거리는 날이었다. 아이들은 나뭇잎 위에 맺힌 물방울에 반사된 햇빛 때문에 눈이 간지러운 듯 두 눈을 깜빡거렸다. 한참을 찾아봐도 동굴은 찾을 수 없었고, 기운이 빠진 아이들은 제각기 나뭇가지나 꽃을 꺾어 들고 말없이 터벅터벅 걸었다. 배도 고팠다. 산속을 헤매면서 진흙 먼지를 뒤집어쓴 아이들은 집에서 나온 지 몇 시간 만에 몰골이 말이 아니었다. 서로 눈치만 보다 인제 그만 집에 돌아가자는 얘기가 나올 찰나, 파랗던 하늘이 갑자기 컴컴해지면서 빗방울이 후두둑 소리를 내며 떨어지기 시작했다. 아이들은 괴성을 지르며 산 아래 방향으로 달렸다. 천둥과 번개도 그런 아이들의 괴성에 답하는 듯 꽝꽝 울렸다. 그리고 달리면 달릴수록 이제껏 보지 못했던 풍경만 보여서 아이들은 점점 무서워졌다.

빗발이 거세지는데 가끔 누군가 넘어질 때마다 잠깐 멈추는 것을 빼고는 아이들은 그렇게 한참을 달렸다. 그때, 저 멀리에 그렇게나 찾아 헤매던 동굴이 보였다. 아이들은 너나 할 것 없이 그곳으로 달려갔다. 레나 엄마를 찾기 위해서라기보다는 비를 피하기 위해서였다. 동굴 안에 도착한 아이들은 체온이 떨어지는 것을 피해 둥글게 모여 앉아 비가 그치기를 기다렸다.

비가 쏟아지는데도 아이들이 돌아오지 않자, 레나 엄마를 비롯한 아이들의 부모는 비가 내리는 것이 하늘이 무너졌기 때문이기라도 하듯 망연자실하게 주저앉았다. 도대체 어디로 갔는지, 언제 돌아오는지 알 수 없었다. 몇몇은 여기저기로 아이들의 이름을 부르며 찾아 헤맸고, 몇몇은 비를 맞는 줄도 모르고 빗속에 멍하니 주저앉아 있었다.

다행히도 비는 곧 그치고 날이 개기 시작했다. 동굴에 있던 아이들도 마을 사람들도 하늘에 돋아난 무지개를 볼 수 있었다. 비가 그쳐 동굴 안이 환하게 밝아지자 생각보다 작은 동굴 안에는 아무것도 없는 것을 확인한 아이들은, 폴라의 안내에 따라 해가 서서히 가라앉고 있는 방향을 확인한 후 리브니크를 향해 터벅터벅 다시 걷기 시작했다. 다들 너무 지쳐 아무 말이 없었다. 그리고 리브니크에 도착하기도 전에 아이들을 찾으러 마을 밖으로 나온 부모님들에게 엉덩이에서 먼지가 풀풀 나도록 맞은 후, 한동안 각자의 집에 갇혔으나 아무도 불평하지 않았다. 놀러 나가지는 못해도 집안은 따뜻했고 배도 고프지 않았다. 몇몇 아이들은 감기에 걸렸지만 한숨 자고 난 후 곧 나았고, 이렇게 쉬는 동안에도 모두들 포기하지 않고 마을의 남은 집들을 청소하겠다는 집념을 버리지 않았다.

마을의 모든 집을 청소하고 오늘은 드디어 마지막으로 레나네 집을 청소할 차례가 되었다. 아이들의 예상과는 달리, 레나의 엄마는 흔쾌히 지하실 문을 열어 주었다. 눈곱만큼의 주저함이나 저항도 없었다. 아이들이 지하실로 내려가자 한쪽 벽을 가득 덮은 수납장과 다른 쪽 벽면 한구석에 자물쇠가 달린 서랍이 보였다. 레나가 안을 들여다보려고 서랍을 잡고 흔들어 보았으나, 열리지 않았다. 수납장에는 지금 사용하지 않는 그릇이라든가, 식료품, 철 지난 옷가지들과 담요, 책들 그리고 레나 아빠의 유품들이 몇 가지 놓여 있었다. 레나는 가장 먼저 길 잃은 고양이와 새끼들이 머물던 자리를 살펴보았다. 고양이들은 이미 떠나고 없는 듯했지만 모포 위에 남아 있는 흔적과 그 앞에 놓인 그릇에 남아 있는 우유가 마른 자국으로 봐서 레나의 엄마가 돌봐준 것 같았다. 지하실에는 레나의 엄마가 숨을 만한 곳이 전혀 없었다. 납치돼 감금되어 있는 레나의 엄마를 구출하는 장면을 상상했던 얀과 안토니는 실망을 금치 못했다.

　"지하실 문은 레나 엄마가 열어 주셨고 고양이들은 레나 엄마가 돌봐주신 것 같고, 여기에는 납치된 레나 엄마는커녕 아무도 없는

데?"

마야의 비꼬는 듯한 말투에 레나는 당황하여 아무런 대꾸도 할 수 없었다.

"너 때문에 우리들이 이 마을을 다 청소하고 돌아다녔는데도 아무것도 찾지 못했잖아."

마야가 날카롭게 레나에게 쏘아붙였다.

"마야, 왜 그래. 그래도 재밌었는데."

한나가 걱정스러운 눈으로 마야와 레나를 번갈아 보며 말렸다.

"다들 봤잖아. 레나 엄마가 우리를 반갑게 맞아 주시는 거."

마야의 힐난에 레나는 그만 주저앉아 울음을 터트렸다. 그냥 엄마를 찾으려고 했던 것뿐인데 너무 서러웠다.

레나 엄마는 레나의 집을 마지막으로 마을 대청소를 마친 아이들에게 요거트 푸딩과 과자를 대접했다. 엄마는 신이 나서 재잘거리며 푸딩과 과자를 먹는 아이들 사이에서 시무룩한 표정으로 깨작거리는 레나를 걱정스러운 눈빛으로 바라보았다.

6

그 뒤로도 한참 시간이 흐르고 나자, 레나는 엄마와 똑같이 생겼지만 엄마가 아닌 엄마도 그다지 나쁘지 않다는 것을 깨달았다. 엄마보다는 조금 못하지만 레나에게 상냥했고 레나를 사랑했다. 시간이 지날수록 대화가 늘자, 레나는 차츰 바뀐 엄마와 사이가 좋아지기 시작했다. 그러던 중, 1939년 8월 23일 독일과 러시아가 상호 불가침 조약을 맺었다는 소식이 들려왔다. 야쿱이 예상한 대로였다. 그리고 1939년 9월 1일 독일이 폴란드에 선전포고를 하고 폴란드의 북쪽, 서쪽, 남쪽에서 폴란드를 침범하였다. 러시아는 선전포고 없이 1939년 9월 17일 폴란드를 공격하여 폴란드의 2/3는 독일의 지배하에, 1/3은 러시아의 지배하에 놓이게 되었다.

얼마 후, 리브니크에도 독일군이 주둔하게 되었다. 독일군, 아니 군인을 처음으로 보게 된 리브니크 사람들은 신기한 듯 집 밖으로 나와 이들의 행진을 구경했다. 독일군은 챙이 빳빳한 모자나 헬멧을 쓰고 있었다. 그리고 기장이 엉덩이 바로 아래까지 내려오는 가벼운 외투에 모자의 챙과 같은 소재의 두꺼운 허리띠를 두르고, 허리띠 한편에는 권총을 차고 있었다. 빨간 머리 앤이 동경하던 부풀린 소매처럼 우스꽝스럽게 통이 넓은 바지를 무릎까지 올라와 덮는 군화로 고정하고 기다란 총을 메고 발맞춰 리브니크로 걸어 들어왔다. 이들 앞의 자동차에 탄 장교가 이들의 대장인 듯했다.

애써 불러 모으지 않아도 신기한 서커스 구경이라도 기대하는 듯이 모여 있는 마을 사람들을 향해 독일군 장교는 차를 멈추고 뭐라고 외쳤다. 그랬더니 모여 있는 사람 중 독일인인 브루노가 앞으로 나와 장교와 독일어로 대화를 나누기 시작했다. 브루노가 전한 독일군 장교의 말에 따르면 부임한 장교의 이름은 칼이고, 앞으로 리브니크를 독일령 폴란드 리브니크라고 부르고 관리할 것이라고 했다. 그리고 리브니크 마을에 독일군이 머물 관사를 지어야 하니, 마을 사람들이 관사를 지을 인력과 물자를 제공해야 한다고도 했다. 또한 앞으로 독일의 전쟁에 사용될 식량과 전쟁 물자가 공출될 것이며, 독일군의 원활한 지배와 활동을 위해 다들 독일어를 배워 익혀야 한다는 것이었다.

이 말을 들은 마을 사람들은 저마다 웅성거렸다. 콧방귀를 뀌는 사람들이 있는가 하면, 걱정되는 듯 조그맣게 소곤대는 사람들도

있었다. 독일군 장교인 칼은 예상했던 대로라는 듯한 표정으로 리
브니크 사람들을 보며 웃었다. 그러고는 독일군에게 뭐라고 명령
하자, 독일군은 브루노를 데리고 어디론가 사라졌다.

독일군은 관사를 짓기 전, 마을에 임시로 거주할 막사를 차렸고,
브루노는 계속 그곳에 머물렀다.

독일군의 주둔을 대수롭지 않게 생각하던 리브니크 마을 사람
들의 생각은 다음 날 완전히 바뀌었다. 독일군은 벨라 씨네 가게의
문과 창문에 유대인임을 표시하는 다윗의 별을 그려 놓았다. 그러
고는 가게 문에 커다란 못을 박은 후, 그 위에 벨라 씨의 외투를 걸
어 놓았다. 벨라 씨가 문에 걸려 있는 외투를 입고 있었기 때문에
벨라 씨는 산 채로 문에 걸려 있는 꼴이 되었다. 독일군은 그 둘레
에 모여 뭐가 재미있는지 그 모습을 바라보며 웃고 떠들고 있었다.
벨라 씨는 당황과 두려움이 섞인 표정으로 눈을 어디에 둬야 할지
몰라 두리번거리기만 했다. 자신의 신체가 자신의 의사와 관계없
이 다른 이들의 구경거리가 된 것에 대한 당황스러움과 그럼에도
불구하고 자신을 이렇게 만든 독일군에게 반항할 수 없는 자기 자

신에 대한 자괴감, 그리고 그것을 지켜만 보고 있는 사람들에 대한 원망이 섞여 있는 듯한 표정이었다. 리브니크 사람들은 독일군이 하는 말을 알아들을 수는 없었지만, 뭔가 심상치 않은 일이 발생하고 있다는 것은 눈치챌 수 있었다.

리브니크 마을의 아이들은 울음을 터뜨렸고, 어른들은 감히 총을 든 독일군에게 항의하지도 못하고 그런 아이들에게 울음을 그치라고 다그쳤다.

그다음부터 독일군은 어렵지 않게 마을을 지배할 수 있었다. 브루노는 셰링 선생님과 학교에서 독일어를 가르치기 시작했고, 관사를 지을 인력의 차출과 물자 조달은 스트로예크 씨가 맡았다. 필리파는 끼니때마다 독일군에게 식사를 챙겨 주고 허드렛일을 담당하기로 했다. 독일군은 벨라 씨네 가게의 식량부터 자기 것인 양 마구 먹어대기 시작했고, 벨라 씨는 화산 안에서 끓어오르는 용암처럼 마음속에서 자꾸만 끓어 넘치는 분노를 감춘 채, 겉으로는 완전히 체념한 모습으로 유령처럼 살아갔다. 모자란 식량은 마을 사람들이 나눠서 조달했다. 그사이 레반도프스키 씨네 가족이 마을에서 사라졌고, 사람들은 이들이 유대인이 아니냐고 수군거렸다.

    1941년이 되자 독일은 러시아와의 상호 불가침 조약을 깨고 러시아를 공격했다. 독일군 장교인 칼은 혹시 모를 러시아의 항공기 폭격에 대비해 지하실에 방공호를 만들도록 지시했고, 리브니크에서 생산된 모든 식량과 물자는 독일군이 먼저 몰수한 후 사람들에게 나눠 주는 배급제를 실시했다. 독일은 그렇게 러시아를 몰아내고 폴란드를 완전히 점령했다.

7

해가 바뀌고, 리브니크 사람들은 점점 더 야위어만 갔다. 가재도구들은 공출되어 전쟁 물자로 바뀌었다. 늘어나는 것은 군인답지 않게 불어나는 칼의 풍채뿐이었다. 유대인을 강제로 수용한다는 아우슈비츠 수용소에 대한 풍문이 한차례 떠돈 뒤, 가슴에 다윗의 별을 달고 다니던 벨라 씨와 그 가족들은 될 수 있으면 독일군과 마주치지 않으려는 듯 밖으로 나오지 않고 쥐 죽은 듯 집 안에서만 지냈다.

레나는 12살이 되었다. 똑 부러진 폴라는 갑자기 사춘기라도 된 듯, 예전처럼 친구들에게 모든 것을 얘기하지 않고 혼자 있는 시간과 비밀이 많아져 얀과 안토니는 나름 불만스러웠다.

그러던 어느 날, 독일군이 레나의 집 문을 두드렸다.
"쵸즌 부인, 조사할 것이 있으니 저희와 함께 가셔야겠습니다."
독일군 병사 두 명이 문을 연 레나의 엄마에게 깍듯하고 정중하게 말했다.

"무슨 일이죠?"

"그것은 가 보시면 아실 겁니다."

당황한 레나의 엄마는 문 뒤에 숨어 듣고 있는 레나를 안심시키는 듯한 눈빛을 보내고 독일군을 따라나섰다.

"레나도 함께 가야겠습니다."

독일군은 레나도 동행하기를 요청했다.

"왜죠?"

레나의 엄마가 다시 물었으나, 독일군은 굳은 표정으로 이번에는 아무 대답도 하지 않았다.

독일군의 임시 관사로 간 레나의 엄마는 레나가 필리파와 함께 있는 동안, 칼의 사무실에서 조사를 받았다.

"부인께서는 유대인이라고 하더군요?"

책상 앞에 놓인 자리를 권한 칼은 레나의 엄마가 의자에 앉자마자 단도직입적으로 물었다.

"그럴 리가요."

레나의 엄마는 강하게 부인했다.

"저는 유대인이 아닙니다."

"그렇습니까? 그런데 왜 벨라 씨가 부인을 유대인이라고 알고 있을까요? 부인이 직접 벨라 씨에게 유대인이라고 밝혔고, 부인이 유대인이기 때문에 이 마을에서 가장 친하게 지내고 돌봐줬다고 하던데요?"

레나의 엄마는 당황해서 잠시 말을 잇지 못했다. 그때 누군가 칼의 사무실 문을 두드리는 소리가 들렸다. 칼이 문을 열자, 독일군 부사관이 하나 서 있는 것이 보였다. 그는 사무실 안에 있는 레나의 엄마를 보고 목소리를 낮춰 칼에게 속삭였다.

"사라진 레반도프스키 가족을 찾았습니다. 폴라라는 아이를 따라가 보니 마을에서 그다지 멀지 않은 산속에 동굴이 하나 있었고, 레반도프스키 가족이 그 안에 숨어 있더군요. 폴라라는 아이가 지금까지 식량이나 필요한 물건들을 날라다 준 모양입니다."

칼은 고개를 끄덕여 알았다는 신호를 보낸 후, 조용히 문을 닫았다.

"저는 유대인이 아닙니다. 집에 제 출생증명서가 있습니다."

칼과 독일군 부사관의 대화에 퍼뜩 정신이 든 레나의 엄마가 다급하게 칼에게 말했다.

"그렇다면 확인해 보죠."

칼은 레나의 엄마를 미심쩍은 표정으로 보며 대꾸했다.

레나의 엄마가 오스트리아-헝가리령 체코슬로바키아인이라고 표시된 출생증명서를 통해 유대인이 아니라는 것이 밝혀졌고 레나의 엄마와 레나는 방면되었다. 그러나, 벨라 씨네 가족과 산속 동굴에서 잡혀 온 레반도프스키 씨네 가족은 아우슈비츠에 있는 유대인 수용소로 보내지게 되었다. 레반도프스키 가족에게 식량과 생필품을 전달해 주던 폴라는 독일군에게 벌을 받지는 않았으나, 레반도프스키 씨 가족이 잡혀 온 후 눈에 띄게 불안해하고 소심해졌다. 레나의 엄마는 아우슈비츠 수용소로 떠나는 군용 차량에 오르기 전 벨라 씨를 잠깐 볼 수 있었다. 벨라 씨는 레나의 엄마에게 미안해하는 기색이 역력했다.

"밀레나, 당신이 풀려나서 다행입니다. 다른 유대인을 알려 주면 내 가족 중 하나를 방면해 주겠다고 해서 당신이 유대인이라고 한 것을 내가 얼마나 후회했는지 몰라요."

"몸조심하세요."

눈에 눈물이 한가득 고인 레나의 엄마는 벨라 씨를 원망하지 않는다고 하고 나서는 뭐라 이을 말을 찾지 못해 한동안 벨라 씨의 손을 잡고 아무 말도 하지 못하다가 겨우 이렇게 말했다.

"위대한 다윗 왕의 방패도 독일군을 막아 주지 못했다오."

벨라 씨는 이렇게 말하며 웃고 있었지만 모든 것을 체념한 듯 보였다.

8

벨라 씨와 레반도프스키 가족이 떠난 후 시간은 빠르게 흘러갔고, 독일군에게 공출된 식량과 물자 때문에 마을의 집과 들판은 황폐해졌다. 그래도 아이들은 자라나 레나는 14살이 되었다.

1944년 12월 10일, 칼이 떠나고 마을에는 새로운 독일군 장교가 부임하였다. 이날엔 전날부터 유독 춥고 눈도 많이 내려 가뜩이나 아무도 돌아다니지 않는 꽁꽁 얼어붙은 텅 빈 길을, 새로 부임한 독일군 장교와 독일군이 발 맞춰 행진하고 있었다. 그들이 걸을 때마다 얼어붙은 바닥이 쿵쿵 울고 있었고, 사람들은 집 안에서 서로를 꼭 안은 채 떨고 있었다. 레나는 두 손으로 귀를 꼭 막았지만 독일군이 마을로 들어오는 소리는 손 틈새로 레나의 귓속을 파고들었다. 독일군은 무릎 아래까지 덮는 두터운 코트를 큼지막한 벨트로 고정하고 왼쪽 어깨에서 오른쪽 허리를 가로지르는 긴 총을 하나씩 메고 있었다. 새로 부임한 독일군 장교는 이전 독일군 장교와 조금도 다를 바 없는 딱딱한 챙이 달린 모자에 가슴에는 훈장을 잔뜩 달고 있었고 무표정한 얼굴이었다. 그때 레나와 엄마가 있는 지하실의 벽이 똑똑 울리는 소리가 들렸다. 슈체르빈스카 씨 댁 방향이었다. 레나와 엄마가 벽에 귀를 대니 슈체르빈스카 씨의 목소리가 들렸다.

"군인들이 헬멧을 쓰지는 않은 걸 보니 당분간 전투나 공습은 없을 것 같네요."

"다행이네요."

엄마가 대답했다.

"나는 그게 더 무서워요. 전투가 있으면 군인들끼리 싸우지만 그렇지 않을 때는 마을 사람들을 괴롭히잖아요."

슈체르빈스카 씨가 말했다. 엄마는 아무 대답도 하지 않았다.

"그나저나 이번에 새로 부임한 독일군 장교는 배급에 좀 후한 사람이면 좋겠네요. 네덜란드에서는 배급을 끊어서 아이들도 많이 굶어 죽었다는데."

슈체르빈스카 씨가 툴툴거렸다.

"그러게 말이에요. 곧 크리스마스인데."

엄마도 걱정스러운 말투로 대답했다.

"전쟁 중에 크리스마스는 무슨. 굶어 죽지나 않으면 다행이죠."

"엄마, 이제 그만 얘기해요. 누가 들을지 모르잖아요."

레반도프스키 씨 사건 이후 부쩍 말수가 적어진 폴라의 목소리가 작게 들려 왔다.

"알았다. 그럼 쵸즌 부인, 다음에 얘기해요."

새로 부임한 독일군 장교의 이름은 루카스였다. 그는 전임 장교
인 칼과는 매우 달랐다. 그는 몇 번의 포격과 공습으로 폐허가 된
독일군 관사에 부임하자마자 녹이 슬어 삐걱거리는 손잡이가 달린
캐비넷을 열고 전임들이 작성한 서류를 모두 꺼냈다. 그는 며칠 동
안 포격과 공습으로 한쪽 벽이 무너져 내부가 훤히 들여다보이는
관사 사무실의 책상 앞에 앉아서 서류들을 하나하나 살펴보기 시
작했다. 혹시라도 새로 부임한 장교의 심기를 거스를까 두려워하
는 마을 사람들뿐 아니라 독일군도 그런 그를 보고 이해할 수 없다
는 듯 수군거렸으나 그는 아랑곳하지 않았다. 얼마 지나지 않아 그
는 전임 장교인 칼이 작성한 레나와 엄마에 관한 기록을 찾아내었
다. 그의 눈썹이 한 번 씰룩하더니 내내 무표정하던 그의 얼굴이
잔뜩 찌푸려졌다. 그리고 나서 그가 조용히 부관을 불러 서류의 한
부분을 손가락으로 가리키며 뭐라고 지시하자, 부관은 고개를 끄
덕이고 경례를 하더니 곧 밖으로 나갔다.

루카스는 독일군 관사로 출석해 줄 것을 레나의 엄마에게 정중

하게 요청했던 칼과는 전혀 달랐다. 레나와 엄마는 그날 저녁 바로 체포되어 관사로 이송되었다. 남아 있는 사람들은 아무도 살지 않는 듯 쓸쓸한 바람이 부는 집들의 창문 너머로 독일군에게 둘러 싸여 무너지고 부서진 집들 사이 여기저기 돌무더기가 나뒹구는 거리를 걷고 있는 레나와 엄마를 무심한 표정으로 바라보았다. 레나는 묶여 있는 엄마의 손을 꼭 잡은 채 두려운 표정으로 도움이라도 청하는 듯 사방을 두리번거렸지만, 어디에 도움을 청해야 하는지조차 알 수 없었다. 엄마도 마찬가지였다.

관사에 도착하자마자 독일군은 레나를 필리파에게 맡기고 엄마만 따로 데려갔다. 필리파는 벽에 기대어 앉아 몇몇 독일군과 함께 멀어져 가는 엄마의 뒷모습을 멀뚱멀뚱 바라보고 있는 레나의 주머니에 독일군에게 지급하는 사탕과 초콜릿을 한 움큼 넣어 주었다. 레나는 그중 하나를 꺼내 입에 넣었다. 달콤해야 할 초콜릿이 씁쓸했다. 레나는 바스락거리는 빈 초콜릿 껍데기를 몇 번 쥐락펴락하면서 코를 훌쩍였다.

"레나, 춥니? 담요를 가져다줄까?"

필리파가 물었다. 레나는 고개를 저었다. 한참을 말없이 코를 훌쩍이던 레나의 눈에서 갑자기 눈물이 주르륵 흘렀다. 필리파는 그런 레나에게 아무런 위로도 해 줄 수 없었다. 아무 도움도 되지 않을 것을 알고 있기 때문에 필리파는 그저 루카스가 전임인 칼과 마찬가지로 레나 엄마가 유대인이 아니라는 것을 믿어 주기를 바랄 뿐이었다.

"쵸즌 부인, 거기 앉으시죠."

루카스의 말투는 정중했다. 엄마는 말없이 루카스가 가리키는 의자에 앉았다.

"쵸즌 부인, 부인이 유대인이라고 하여 조사를 받으신 적이 있더군요."

루카스의 목소리는 침착했지만 사냥개가 낮은 소리로 으르렁거리는 것처럼 위협적으로 들렸다.

"지난번에도 제 출생증명서를 보여 드렸습니다만, 저는 체코인입니다."

엄마도 침착하게 대답했다.

"그것은 이 보고서에도 나와 있습니다."

루카스가 대답했다. 둘 사이에는 한참 동안 침묵이 흘렀다.

"그렇다면 왜 벨라 씨는 밀레나 쵸즌 부인이 유대인이라고 했을까요?"

루카스가 물었다.

"제가 그것을 어떻게 알겠습니까? 그런 것은 보고서에 나와 있지 않나 보죠?"

엄마도 지지 않고 루카스에게 되물었다.

"물론 그런 것은 나와 있지 않습니다. 부인의 생각을 한번 말해 보시겠습니까?"

루카스의 말투는 친절하고 태도는 정중했지만 엄마는 그가 자신이 유대인이 아님을 믿거나 놓아 줄 생각이 조금도 없음을 직감했다.

"벨라 씨에게 유대인을 한 명 더 알려 주면 벨라 씨 가족 중 한 명을 풀어 주겠다고 했다면서요?"

"그런 얘기는 들어 본 적이 없습니다. 벨라 씨가 그랬습니까?"

루카스는 금시초문이라는 듯 매우 놀라며 대답했다.

"아니요. 제 의견을 묻기에 그냥 얘기해 본 것뿐입니다."

엄마의 말투도 정중해졌다. 벨라 씨나 벨라 씨의 가족은 이미 죽었을지도 모르지만 혹시 살아 있다면 루카스 같은 독일군 장교에게 이런 말이 전달돼 자신과 같은 고초를 겪을 수도 있다는 생각이 들어서였다.

"자, 그렇다면 벨라 씨는 쵸즌 부인이 유대인이라고 할 필요도 없는데 유대인이라고 한 것이군요. 벨라 씨가 왜 그런 거짓말을 했을까요? 벨라 씨가 그런 거짓말을 할 이유가 있습니까?"

엄마는 한참 동안 대답하지 않았다. 루카스는 끈기 있게 기다렸다. 루카스는 얼마든지 기다릴 수 있다는 듯 엄마의 앞에 의자를 가져다 놓고 자리에 앉았다. 맹수가 잡아 놓은 사냥감을 가지고 노는 듯 여유로운 태도였다.

"거짓말을 할 필요도 없는데 한 말이 거짓말일 리가 있을까요?"

엄마의 표정을 살피며 루카스가 재차 물었다.

"제 출생증명서에 나와 있듯이 저는 체코인입니다. 전임 독일군 장교도 확인한 사실입니다."

자신을 떠 보는 듯한 루카스의 질문에 엄마는 한참을 곰곰이 생각하다 대답했다. 루카스는 예상했다는 듯이 빙긋 웃었다.

"보고서에는 그렇게 나와 있더군요. 그렇지만 그런 것쯤은 얼마든지 위조할 수 있는 것 아닙니까?"

"제 출생증명서를 발행한 체코 기관에서 확인해 보면 되지 않겠습니까?"

침착하던 엄마가 억울하다는 듯 소리쳤다.

"밀레나 쵸즌 부인의 고향에서는 밀레나라는 이름의 출생증명서가 두 장 발급되었더군요. 하나는 밀레나 코플로스카라는 이름으로, 다른 하나는 밀레나 나브라틸로바라는 이름으로요. 이름도, 나이도, 생일도, 성별도 같지만 하나는 유대인이고 다른 하나는 유대인이 아니더군요. 둘 중 하나가 폴란드로 와서 밀레나 쵸즌 부인이 되었겠죠."

루카스는 잠시 뜸을 들였다가 말을 이었다. 엄마는 아무 대꾸없이 조용히 듣고만 있었다.

"등기소가 반쯤 부서져 있었지만 다행히도 두 명의 밀레나에 관한 기록은 남아 있더군요. 기록이 남아 있었으니 제가 그것을 찾아내는 것은 그저 시간문제일 뿐이죠. 다만 쵸즌 부인의 고향에서도 많은 사람들이 사망하여 누가 쵸즌 부인이 되었는지에 대해서는 정확한 조사는 이뤄지지 않았습니다. 남은 사람들도 다들 모른다고만 하더군요."

여기까지 얘기한 루카스는 자신이 조사한 내용이 엄마의 마음에 얼마나 큰 동요를 일으키는지 확인하고 싶은 듯 엄마의 얼굴을 똑바로 쳐다보았다. 엄마는 눈을 아래로 돌려 루카스의 시선을 피했지만 고개를 숙이지는 않았다.

"부인이 유대인인 밀레나인지 유대인이 아닌 밀레나인지는 중요하지 않습니다. 부인도 잘 아시지 않습니까? 우리는 표지를 붙여 독일인들이 분풀이를 할 대상이나 포로수용소로 보낼 사람들이 필요한 것이지, 그것이 꼭 유대인일 필요는 없습니다. 그것이 꼭 부인일 필요도 없습니다만, 독일이 유대인을 포로수용소로 보내기로 결정했는데 그것을 방해하거나 독일군에 명령에 복종하지 않는다면 그 대가를 치러야 하지 않겠습니까? 너무 억울해하지는 마십시오. 지금은 독일인들이 유대인을 포로수용소로 보내지만 언젠가는 유대인들이 우리 독일인들처럼 다른 누군가를 수용소로 보낼 수도 있는 것 아닙니까?"

9

루카스는 엄마와 레나를 아우슈비츠에 있는 수용소로 보내기로 결정했다. 1944년 12월 17일 레나와 엄마는 필리파가 울면서 꿰매 넣은 유대인임을 상징하는 별이 달린 외투를 입고 두 명의 독일군의 감시를 받으며 군용 차량에 올랐다. 이들은 루카스가 아우슈비츠에 있는 독일군에게 보내는 식료품과 생필품을 레나와 엄마와 함께 아우슈비츠까지 이송한 다음, 인계 확인 서류를 받아 들고 돌아와 다시 루카스에게 보고할 것이다. 독일인들은 전쟁 중에도 일 처리를 깔끔하게 해야 한다는 강박관념이 있는 듯했다. 아우슈비츠까지 가는 자동차의 창밖으로는 황량한 벌판과 군데군데 깊이 파인 참호가 보였다. 여느 때 같으면 수확을 끝내고 눈 속에서 내년의 새로운 싹을 기다려야 하는 폴란드의 들판에는 팔다리가 잘린 부상병처럼 나뒹구는 전차들로 가득했다. 5년 넘게 계속된 전쟁이 레나와 엄마를 이송하는 독일군에게 남긴 것은 가슴에 반짝거리는 아무짝에도 쓸모없는 훈장뿐이었고, 폴란드에 남긴 것은 참호처럼 메워지지 않는 상흔밖에 없는 듯했다.

"포로수용소에 가 본 적 있어?"

군데군데 낡고 녹이 슨 군용 차량의 조수석에 앉아 있던 독일군이 운전석에 앉은 독일군에게 물었다.

"아니, 없어."

운전석에 앉은 독일군이 짧게 대답했다.

"하지만 친척 중 한 명이 노동 교정 수용소에 있다는 얘기는 들었어. 비슷하지 않을까?"

그가 덧붙였다.

"독일인 아니야? 왜 수용소에 있어?"

다른 독일군이 의아하다는 듯 물었다.

"맞아. 독일인인데 뭔가 해서는 안 되는 말이나 행동을 했다는 군. 나도 정확히는 몰라."

그가 무뚝뚝하게 대답했다. 다른 독일군은 들은 둥 만 둥 그저 무덤덤한 표정으로 주머니에서 껌을 꺼내 레나와 엄마에게 권하는 시늉을 했다. 레나와 엄마는 고개를 저었다.

"이 차가 이렇게 낡기는 했어도 독일군 장교용 차량입니다. 레나와 부인이 앉아 계신 자리는 루카스나 앉을 수 있는 자리인데 편안한 여행 되시기 바랍니다."

껌을 권하던 독일군이 쾌활하게 레나와 엄마에게 말을 건넸다.

"시끄러워. 너 같으면 유대인 강제 수용소에 가는데 편안한 여행이 될 것 같냐?"

"아니, 나는 그냥 긴장을 좀 푸시라고…."

운전석에 앉은 독일군이 타박하자 그가 말끝을 흐렸다. 그러고는 운전 중인 독일군에게도 껌을 건넸지만 그도 고개를 저었다. 수다를 떨던 독일군은 겸연쩍은 듯 입맛을 다셨다.

"그럼 나는 눈 좀 붙일 테니까 교대할 때 깨워."

그가 입을 다물고 돌아눕자 사방이 조용해졌다.

"그런데 강제 수용소는 왜 만들었을까?"

운전하던 독일군과 교대한 수다쟁이 독일군이 물었다. 이제껏 운전하던 과묵한 독일군이 차를 멈추고 가져온 연료를 보충한 후 잠들어 있던 수다쟁이 독일군을 깨운 직후였다. 그는 운전석에 앉아 차에 시동을 걸자마자 기다렸다는 듯 입을 열었다.

"자는 동안에도 그게 궁금했니?"

다른 독일군이 어이가 없다는 표정으로 대답했다.

"아니, 그렇잖아. 노동 교정 수용소도 있는데 굳이 폴란드에까지 유대인들을 가득가득 실어 날라야 할 이유가 뭐가 있어? 아니, 그

전에 노동 교정 수용소가 왜 필요해, 감옥이 있는데?"

다른 독일군은 수다쟁이 독일군을 믿을 수 없을 정도로 한심하다는 듯한 표정으로 쳐다보더니 한 마디 툭 던졌다.

"너를 보면 히틀러가 틀렸다는 것을 알 수 있지. 순수한 아리안 혈통의 독일인이 이렇게 멍청할 수 있다니."

그는 고개를 절레절레 흔들었다.

"너 말 다 했어?"

수다쟁이 독일군이 진짜 화가 난 듯 험악한 표정으로 다른 독일군을 노려보았다.

"너 징집되기 전에 뭐 했었어?"

다른 독일군은 들은 척도 하지 않고 얕게 한숨을 쉰 후 수다쟁이 독일군에게 물었다.

"나? 농사지었지? 우리 집이 그 일대에서는 제일 큰 농장을 가지고 있었는걸? 그러는 너는 뭐 했는데?"

수다쟁이 독일군은 언제 화를 냈냐는 듯 우쭐거리며 대답했다.

"나는 학교 선생님이었어. 그러면 지금 너희 집에서 누가 농사짓고 누가 나 대신 학생들 가르칠 거 같니?"

그의 질문에 수다쟁이 독일군은 그런 것은 한 번도 생각해 본 적

없다는 듯 놀란 표정을 짓더니 얼버무리며 대답했다.

"…누군가 일하고 있지 않을까?"

"웬만한 독일인들은 다 징집됐는데 누가 일하냐?"

"누군가 하겠지, 그게 나랑 무슨 상관이야? 내가 네 학생이냐?"

다른 독일군의 타박에 수다쟁이 독일군은 머리가 아프다는 듯한 표정으로 짜증을 냈다.

"네가 물으니까 대답하는 거야."

수다쟁이 독일군은 자신은 그런 것을 물은 적이 없다는 듯한 표정으로 다른 독일군을 계속 노려보았다.

"일할 사람은 필요한데 일할 만한 나이의 독일인들은 다들 징집되어서 일할 사람이 없으니까 내 친척처럼 하면 안 되는 말이나 행동을 한 사람들 아니면 외국인이든 뭐든 아무거나 트집 잡아서 노동 교정 수용소로 데려가는 거야, 일 시키려고."

다른 독일군이 참을성 있게 설명을 이어갔다.

"빨리 데려가야 하니까 재판 같은 것은 생략하는 거고."

그가 덧붙였다.

"독일 내에서도 그렇게나 일손이 모자란데 그러면 왜 폴란드에 있는 수용소에까지 유대인들을 가득가득 실어 나르냐고?"

수다쟁이 독일군도 지지 않았다.

"글쎄, 그것까지야 나도 정확히는 모르지."

과묵한 독일군이 모른다고 대답하자 수다쟁이 독일군은 금방 우쭐해져서는 그를 향해 콧방귀를 뀌었다.

"독일 내에서 생산되는 식량이나 군수품이 많이 모자란 건가? 폴란드에서도 가져와야 할 만큼?"

수다쟁이 독일군이 되물었다.

"만드는 족족 전쟁터로 보내져 다 부서지니 아무리 많이 만들어도 모자랄 만도 하지. 그런 면에서 폴란드는 독일이 그렇게나 바라던 식민지 같은 것 아닌가? 독일에서 생산된 상품을 하나도 소비하지는 못하지만 물자와 노동력은 갖다 바치는. 강제로 수용된 유대인들이 쓸모없어지면 생체 실험을 하거나 가스실에서 처리한다는 소문도 있던데."

과묵한 독일군이 미심쩍은 듯한 말투로 대답했다. 수다쟁이 독일군이 물으니 대답은 하지만 뭔가 개운하지는 않은 듯 짜증스러웠다.

"노동 교정 수용소 같은 데서 더 이상 일할 수 없게 된 사람들도 보내는 거 아니야? 아우슈비츠역에 도착한 사람들을 의사들이 보고 나눠서 오른쪽 문을 지나는 사람들은 살고 왼쪽 문을 지나는 사람들은 바로 가스실로 간다던데?"

수다쟁이 독일군이 덧붙였다.

"그게 뭐야? 독일에는 보는 눈이 많으니까 폴란드 시골까지 끌고 가 죽여서 묻는 거야, 뭐야?"

수다쟁이 독일군과 달리 과묵한 독일군은 이런 대화가 매우 괴롭고 언짢은 듯했다. 그때 갑자기 훌쩍이는 소리가 들려 그는 소스라치게 놀라 뒤돌아보았다. 이들이 이제까지 잊고 있던 레나와 엄마가 겁을 잔뜩 먹은 채 숨죽여 울고 있는 모습이 보였다.

10

　이들이 아우슈비츠에 도착했을 때는 해가 뉘엿뉘엿 지기 직전이었다. 자갈이 깔린 기찻길 옆으로 사람 키보다 조금 더 큰 가로등이 드문드문 놓여 있고, 역 이름이 쓰여 있는 작은 간판 아래 사람들이 지나다니는 입구와 창문이 번갈아 늘어선 역사가 보였다. 역의 입구는 사람이 2명 정도 지나다닐 만한 너비였고, 높이는 사람 키의 2배 정도로 가로등보다도 높았다. 레나와 엄마, 그리고 독일군은 기차역의 뒤쪽으로 난 기찻길의 반대편에 있는 도로를 통해 새로 입소한 포로들을 맞이하는 사무실로 향했다.

　사무실 입구에서 경비를 서는 독일군 친위대는 두 줄의 단추와 견장이 질서정연하게 달린 두꺼운 모직 코트를 입고 무릎까지 오는 번쩍거리는 군화를 신고 있었다. 독일군을 상징하는 기호가 그려진 빳빳한 모자는 벨트와 같은 재질이었고 이들의 짧은 머리카락을 덮고 있었다. 전쟁이 막바지에 다다랐다거나, 전쟁이 불리하게 전개되고 있다거나, 배급품이 모자란다는 것은 전혀 눈치챌 수 없이 머리끝부터 발끝까지 흐트러짐 없이 무장한 모습이었다. 독일군 친위대는 언제, 어떤 상황에서도 규율에 어긋남이 없다는 듯 다들 똑같은 제복을, 똑같은 방식으로 갖춰 입고 군용 차량을 타고 도착한 레나와 엄마, 두 명의 독일군을 다소 의아한 표정으로 바라보았다.

그들 앞에 차가 멈춰 서자 그들은 번쩍거리는 군화의 굽을 부딪치며 독일 군대식으로 경례를 했다. 그러고는 뒷좌석에 앉은 레나와 엄마를 향해서도 미소를 지으며 짧게 거수경례를 했다. 그들은 군용 차량을 타고 온 레나와 엄마를 같이 온 두 명의 독일군의 가족인 것으로 착각하는 듯했다. 모르는 사람이 봤다면 이들이 레나와 엄마의 생명과 안전을 지켜주는 든든한 보호자인 것처럼 보였을 것이다. 그들은 레나와 엄마, 두 명의 독일군과 이들이 가져온 식료품과 생필품을 반갑게 맞아 주었다.

"반갑습니다. 무슨 일로 오셨습니까?"

경비를 보던 독일군 친위대가 말을 걸었다.

"저희는 리브니크에서 식료품과 생필품을 가져왔습니다."

수다쟁이 독일군이 쾌활한 목소리로 자동차 뒤쪽을 가리키며 말했다.

"그렇습니까?"

"크리스마스 선물인 셈이죠."

"그렇군요."

수다쟁이 독일군의 넉살에 독일군 친위대가 맞장구를 쳤다. 수다쟁이 독일군과 과묵한 독일군이 차에서 내리자 레나와 엄마가 그들을 따라 내렸다. 독일군 친위대는 이때 미처 보지 못한 레나와 엄마의 외투에 달린 유대인의 별을 보고 표정이 찌푸려졌다.

"이 유대인들은 뭡니까?"

반갑게 경례한 것을 후회라도 하듯이 그의 말투는 매우 언짢았고 불쾌한 표정이 역력했다.

"우리 대장이 보내라고 해서…."

독일군 친위대의 돌변한 말투에 겁을 먹은 수다쟁이 독일군이 말끝을 흐렸다.

"식료품과 생필품은 우리가 처리할 테니 이들을 데리고 들어가십시오. 헤르만, 이들을 안내해 드려."

상관인 듯한 독일군 친위대 한 명이 헤르만이라고 불리는 다른 독일군 친위대에게 손짓하며 퉁명스럽게 명령했다. 레나와 엄마, 두 명의 독일군이 헤르만이라는 이름의 이 경비병을 따라 들어갈 때까지도 상관은 계속 언짢은 표정이었다.

헤르만을 따라 들어간 사무실에는 경비병들과 똑같은 차림의 독일군 친위대 장교가 세 명 더 있었다. 사무실 안은 사무실 밖과 다름없이 쌀쌀해서 수다쟁이 독일군은 자기도 모르게 몸을 부르르 떨었다. 추위에 자꾸 손이 곱아들어 입김을 불어 녹이는 레나와 엄마의 손 주위로 하얀 입김이 퍼져 나갔다. 사무실에 있던 독일군 친위대 장교 중 한 명은 탁자에 발을 올린 채 널찍한 의자에 기대어 앉아 무료한 듯 졸고 있었고, 다른 한 명은 그 앞에서 혼자 카드놀이에 열중한 상태였다. 이들이 앉아 있는 탁자와 의자를 제외하고는 아무것도 없어 사무실 안이 황량했다. 다른 장교가 레나와 엄마, 두 명의 독일군, 그리고 이들을 데리고 온 헤르만을 보고 다가왔다.

"무슨 일인가?"

다가온 장교가 헤르만에게 묻자, 헤르만은 이들이 리브니크에서 식료품과 생필품, 그리고 두 명의 유대인을 데려왔다고 보고했다. 그러자 탁자에 발을 올리고 있던 장교와 카드놀이를 하던 심드렁해 보이는 장교가 고개를 들고 관심을 보였다.

"식료품과 생필품이라고? 연료도 있나?"

카드놀이를 하던 장교가 물었다.

"예, 조금….."

수다쟁이 독일군이 얼버무렸다.

"잘 됐군. 보다시피 가진 것은 다 연료로 태워 써서 제군들에게 앉으라고 권할 자리도 없어서 말이야."

카드놀이를 하던 장교가 휑한 사무실 안을 가리키며 투덜거렸다.

"독일에서 온 기차는 올해 10월 28일이 마지막이었지, 아마?"

그는 반대편에서 앉은 장교의 발을 툭 치며 물었다.

"그랬지."

그가 일어나 자세를 고쳐 앉으며 무뚝뚝하게 대꾸했다.

"그때 받은 보급품으로 지금까지 버티다 보니 꼴이 말이 아니야."

카드놀이를 하던 장교가 하도 만져 닳아빠진 카드를 탁자에 내려놓으며 푸념을 늘어놓았다.

"제소자들한테 오던 편지며 소포도 끊겨서 압수할 것도 없다니까."

그가 덧붙였다.

"이런데 도대체 유대인들은 왜 또 데려온 건가?"

다른 장교가 고개를 숙이고 잠자코 듣고만 있는 레나와 엄마, 두 명의 독일군에게 다가와 물었다. 그의 말투는 전형적인 군대식의 딱딱한 말투였다.

"글쎄요. 저희도 저희 대장님이 왜 이렇게 열심히 유대인들을 수용소로 보내는지 잘 모릅니다."

레나와 엄마를 데려온 두 명의 독일군은 쩔쩔매며 그들도 전혀 이해가 안 된다는 표정을 지었다. 최대한 사무실 안의 장교들의 질문에 우호적인 답변과 제스처를 보이려는 모습이 역력했다.

"자네 지휘관의 이름이 뭔가?"

친위대 장교가 수다쟁이 독일군 앞에 서서 그의 눈을 똑바로 들여다보며 물었다.

"루카스 제벨 대령입니다."

수다쟁이 독일군은 차렷 자세를 취한 후 독일군 친위대 경비병이 자신에게 경례하듯 두 발의 뒷굽을 부딪치며 대답했다.

"이봐, 오토, 헨릭. 자네들 이 이름을 들어본 적 있나?"

그가 의자에 앉아 있는 두 명의 다른 장교에게 물었다.

"아니, 들어 본 적 없는데."

오토와 헨릭이 심드렁하게 대꾸했다.

"도대체 지휘관들이 왜 이렇게 현실을 모르는지 알 수가 없군.

아우슈비츠 수용소에 있는 5,000명의 독일군 친위대가 지금 물자가 모자라 굶고 있는데도 10월 28일에 보급품보다 유대인들을 더 많이 보냈단 말이야. 2,038명이나 보냈어. 그런데 이름도 들어 본 적 없는 식민지 지휘관이 유대인을 또 보냈단 말이야."

수다쟁이 독일군 앞에 선 그는 참을 수 없다는 듯이 팔로 허공을 휘휘 저으며 소리쳤다.

"10월에 보낸 2,038명 중의 1,589명은 바로 처리할 수밖에 없었는데도 말이야. 도대체 지휘관들이란….."

"처리라니?"

카드를 쥐고 있던 장교는 흥분한 듯 일장 연설을 늘어놓는 동료가 미처 말을 끝내기도 전에 이렇게 물으며 자리에서 일어나 천천히 다가왔다. 그의 목소리는 조용했지만 날카로웠다. 그는 화를 내며 투덜거리고 허우적거리고 있는 동료의 눈을 똑바로 바라보며 그의 양팔을 붙잡아 끌어 내렸다. 그러고는 그런 얘기는 금시초문이라는 듯한 표정으로 다시 한번 물었다.

"처리라니, 그게 무슨 소리인가?"

양팔을 잡힌 독일군 친위대 장교는 그 자리에서 얼어붙은 듯 굳은 채로 한참을 자신의 팔을 잡고 있는 상대의 눈을 바라보았다.

"…처리라니, 나는 아무 말도 하지 않았네, 오토."

그러고는 힘없이 대답했다. 오토라는 이름의 장교는 그제야 그의 팔을 놓아주고 레나와 엄마에게 다가왔다.

"부인과 따님께서 여기에서 들은 얘기는 아무것도 없었을 거라고 생각됩니다."

그의 말투는 정중했다. 레나와 엄마는 잔뜩 겁을 먹은 채 말없이 고개를 끄덕였다.

"새로 온 포로들은 제소자 번호와 등록증을 받게 됩니다만 편지 왕래도 없고 배급도 끊겼으니 그러한 등록 절차는 필요 없을 것 같군요. 참을 수 없이 불결한 포로들이 있어 저희들이 직접 확인하기도 합니다만 부인과 따님은 그럴 필요도 없을 것 같고요. 다만 절차에 따라 부인과 따님은 분리 수용될 겁니다. 가져오신 소지품 또한 수용소에 가게 되면 제소자들에게 모두 뺏길 테니 저희가 맡아 두겠습니다."

그가 말을 마치고 헤르만에게 손짓하자 헤르만이 다가와 레나와 엄마를 인도했다.

"여자와 아이들은 같이 수용될 수 있지 않나?"

이제껏 침묵하던 헨릭이 레나와 엄마가 나가자 오토에게 물었다. 오토는 들은 척도 하지 않고 레나와 엄마를 데려온 두 명의 독일군에게 다가갔다.

"여기에서 무엇이 처리되는지 증거도 없으면서 함부로 발설하면 제군들에게는 가족이 기다리는 집보다는 무덤이 더 가까이 있을지도 모른다네."

그가 잔뜩 주눅이 든 두 명의 독일군의 눈을 똑바로 바라보며 넌지시 얘기하자, 그들은 입을 꼭 다물었다. 다른 장교처럼 양팔이 잡힌 것도 아니었지만 이들은 꼼짝도 할 수 없었다.

"이만 돌아가도 좋네."

한참 동안 미동도 없이 오토의 처분만을 기다리던 이들은 오토의 말이 끝나기 무섭게 경례를 마친 후 빠른 걸음으로 사무실을 나갔다. 이들이 나간 뒤 오토는 다른 장교들에게로 몸을 돌렸다.

"자네들이 독일의 군인임을 잊지 않았다면 다들 입 조심하는 게 좋을 거야."

11

레나와 엄마는 헤르만을 따라 눈 덮인 도로를 걸었다. 도로를 따라 양쪽으로 용도를 알 수 없는 건물들이 쭉 늘어서 있었다. 찢어진 옷가지들이 바닥에 군데군데 나뒹구는 벌판과 작은 건물들을 가로지르자, 철조망 사이로 난 수용소의 입구가 보였다. 수용소의 입구에는 제소자들을 감시하는 망루가 붙어 있었다. 헤르만과 똑같은 차림의 경비병이 레나와 엄마, 헤르만을 보고 아무 말 없이 문을 열어 주었다. 이들 외에는 아무런 인기척이 없었다. 헤르만은 도로를 따라 조금 더 걸어가면 보이는 막사에 레나를 밀어 넣고, 레나가 미처 알아차리기 전에 엄마와 함께 사라져 버렸다.

막사 안은 어두웠으나 레나의 눈은 이내 어둠에 익숙해졌다. 막사 안은 층층이 쌓아 올린 나무판자로 가득했고, 나무판자 위나 바닥 모두 꼼짝 않고 누워 있는 사람들로 빽빽했다. 레나가 들어오자 힐끔 쳐다보는 사람들도 있었으나, 이내 관심 없다는 표정으로 돌아누웠다. 다들 옷가지들을 여러 겹 겹쳐 입고 있었고, 그중 일부는 그 위에 줄무늬가 있는 죄수복을 걸쳐 입고 있었다. 뭔가 썩고 있는 것인지 땀 냄새인지 모를 시큼한 냄새가 막사 안을 흘러 다녔지만 아무도 신경 쓰지 않는 듯했다. 레나는 아무 말 없이 구석으로 가서 자리를 잡았다. 누울 틈도 없이 좁디좁은 바닥에 앉자마자 누군가 레나의 다리를 잡아, 레나는 소스라치게 놀랐다. 레나의 다리를 잡은 것은 레나보다 10살 정도 많아 보이는 여자였다. 그녀의 잔뜩 헝클어진 머리에는 낙엽인지 먼지인지 알 수 없는 뭔가가 덕지덕지 붙어 있어 지저분하기 짝이 없었고, 잔뜩 겹쳐 입은 옷소매 사이로 나온 팔목은 뼈와 가죽만 남은 듯 가늘기 그지없었다.

"너 뭐 좀 가져온 거 있니?"

레나의 다리를 잡은 깡마른 여자가 레나의 귀에 대고 속삭였다.

"쉿, 큰 소리로 말하면 안 돼."

그녀가 덧붙였다. 레나는 말없이 고개를 저었다.

"에휴. 아무것도 없대."

그녀가 아쉬운 듯 한숨을 쉬고 이렇게 외치자, 막사 안의 사람들은 그럴 줄 알았다는 듯 시큰둥했다.

"내 이름은 리디아야. 너는?"

"레나."

레나가 짧게 대답했다. 그때 갑자기 누군가 레나의 품을 파고들어 레나가 깜짝 놀라 밀쳐내 보니, 서너 살 정도 되어 보이는 작은 사내아이가 똘망똘망한 눈으로 레나를 바라보고 있었다.

"놀랄 것 없어. 얘 이름은 오토야. 얘는 막사에 누가 새로 들어올 때마다 다 자기 엄마인 줄 알아."

리디아가 놀란 레나에게 설명했다.

"얘 부모님은 안 계셔?"

레나는 놀란 표정으로 오토의 얼굴을 들여다보았다. 그러고는 머리를 쓰다듬어 주며 리디아에게 물었다. 그러자 오토는 작은 강아지처럼 레나의 품에 안겨 떨어질 생각이 없는 듯 보였다.

"얘네 엄마는 저기 누워 있는 에바야."

리디아가 가리키는 곳에는 어떤 여자가 군데군데 구멍이 뚫린 지저분한 모포가 깔린 바닥에 누워 있었다. 그녀 또한 낡고 해진 옷가지들을 잔뜩 겹쳐 입고 있었는데, 가장 겉에 입은 커다란 남자 외투의 단추가 잠기지 않을 만큼 배가 나와 있었다.

"오토와 에바가 가진 아이의 아빠는 어디 있어? 다른 막사에 있어?"

레나는 헤르만이 데려간 엄마를 떠올리며 리디아에게 물었다.

"오토의 아버지는 예전에는 다른 막사에 있었는데, 에바에게 저 외투와 모포만 물려주고 죽었고, 지금 저 배 속에 있는 아이의 아버지는 누구인지 몰라. 독일군인지, 유대인인지, 폴란드인인지 알게 뭐야. 에바와 아이도 먹을 게 없어서 언제 죽을지 모르는데."

레나는 깜짝 놀라 오토가 혹시 듣지는 않았는지 오토의 반응을 살폈다. 오토는 아무렇지도 않은 듯했다. 레나는 리디아가 그런 끔찍한 얘기를 이렇게 대수롭지 않게 하는 것이 더 놀라웠다.

"올가가 그러는데 아이가 태어날 때까지 에바가 살아 있지 못할 거래."

이렇게 말하는 리디아가 가리키는 곳에는 얼굴이 쭈글쭈글하고 이가 반쯤 빠진 나이가 많은 여자가 누워 있었다. 에바의 옆이었다.

"아무튼 이제 너도 여기서 살아남으려면 알아야 될 게 많아. 내가 내일부터 차근차근 알려 주겠지만 모르는 게 있으면 언제든지 나한테 물어봐."

리디아는 말을 마친 후 피곤하다는 듯 바닥을 가득 메운 사람들을 발로 이리저리 치우면서 돌아누웠다. 모든 것이 낯설고 어리둥절한 레나도 갑자기 피곤이 몰려와 떨어질 줄 모르는 오토를 옆에 내려놓고 리디아에게 밀려온 사람들을 조금씩 밀어내면서 최대한 몸을 구겨 자리에 누워 잠을 청했다.

12

다음 날 아침이 되자 막사 안의 몇몇 사람들이 자리에서 일어났다. 나머지는 일어날 힘조차 없는 듯 가만히 누워서 천장만 멀뚱멀뚱 바라보고 있었다. 일어난 이들은 주섬주섬 뭔가를 챙겨 들었다. 레나도 그들을 따라 자리에서 일어났다. 오토는 졸린 눈을 비비며 레나의 손을 잡았다. 소매 밖으로 삐져나온 오토의 팔에는 숫자가 새겨져 있었다.

"오토의 제소자 번호야."

리디아가 말했다. 레나는 이런 것이 오토의 팔에 왜 있는지 도무지 영문을 모르겠다는 듯한 표정으로 리디아를 바라보았으나, 리디아는 뭘 그렇게 당연한 것을 궁금해하냐는 듯한 표정으로 오토의 제소자 번호에 대해서는 더 알려주지 않았다.

"우리는 이제 밖에 나가서 뭔가 먹을 만한 게 있는지, 연료로 쓸 만한 게 있는지 찾을 거야."

리디아가 눈치껏 레나에게 알려 주었다.

"웬만한 것들은 다 캐서 남은 게 있을지는 모르겠지만."

리디아가 짧게 덧붙였다.

"밖에서 찾아오지 않으면 독일군이 저 사람들이 누워 있는 나무 판자를 뜯어갈지도 모르니까 뭐라도 찾아야 해."

레나는 오토의 손을 잡고 리디아와 함께 한 무더기의 사람들에 휩쓸려 막사 밖으로 나왔다. 막사 밖에서는 독일군이 밖으로 나온 사람들의 숫자를 일일이 헤아리고 있었다. 20~30명의 제소자가 모일 때마다 두 명의 독일군이 이들을 데리고 길을 나섰다. 레나는 오토, 리디아와 함께 어제 들어왔던 감시병들이 지키는 철조망 사이의 작은 문을 지나 다시 눈이 쌓인 도로로 나왔다. 독일군 친위대가 있던 사무실과 반대 방향으로 조금 걷자 벽돌로 만들어진 건물이 보였다.

"오른쪽에 있는 것은 병원이고 왼쪽에 있는 것은 창고야."

리디아가 작은 소리로 속삭였다. 오토는 레나의 손을 잡은 채 잠자코 다른 손의 옷소매를 물어뜯고 있었다.

"조금 더 가면 소각장이야."

리디아가 하나라도 더 가르치고 싶은 열정적인 선생님처럼 덧붙였다.

"쉿!"

그러자 독일군이 리디아에게 주의를 주었고 다른 제소자들도 모두 바닥만 쳐다보며 묵묵히 걸었다. 얼마 지나지 않아 나온 갈림길에서 왼쪽으로 접어들자, 이들 뒤를 따라오던 다른 제소자 무리의 모습이 보였다. 한결같이 고개를 숙이고 무거운 발을 질질 끌고 가는 제소자들의 무리에서 레나는 언뜻 엄마의 모습을 본 것 같아 그들의 뒷모습을 계속 쫓았으나 그들은 이내 멀어져 갔고, 레나 또한 다른 사람들에게 떠밀려 앞으로 나아갔다.

10여 분쯤 걷고 나서 도착한 곳은 사방이 눈으로 덮인 들판이었다. 독일군이 멀찌감치 떨어져 지켜보는 동안 제소자들은 제각기 눈 속에서 이것저것 찾기 시작했다. 굶주린 제소자들은 아주 작은 풀뿌리나 나무껍질마저도 살아가는 데 꼭 필요한 보물인 것처럼 열심히 찾기 시작했다. 레나도 어제저녁부터 아무것도 먹지 못해 허기를 느꼈다. 뭘 할지 몰라 멀뚱히 지켜보던 레나도 그들을 따라 눈 덮인 벌판에 뭔가 먹을 수 있는 것이 있나 찾기 시작했다.

"이런 겨울에는 뭔가 먹을 것을 찾아서 열량을 보충하는 것보다 먹을 것을 찾는데 열량을 더 쓰니까 적당히들 해."

리디아가 심드렁하게 말했다. 그때 갑자기 총소리가 울려 다들 깜짝 놀라 돌아보니, 독일군들이 신이 나서 독일어로 뭐라고 외치고 있었다. 자세히 보니 그들이 눈 덮인 벌판을 뛰어다니던 노루를 잡은 듯했다. 제소자들은 입맛을 다시고 다시 눈 속을 헤집고 다니기 시작했다.

"전에는 모노비체(Auschwitz III)로 군수품을 만들러 다녔는데. 그때는 하루에 6.5km씩 걸어서 왔다 갔다 했어도 이렇게 굶주리지는 않았어."

리디아가 볼멘소리를 했다.

"거기 제소자들하고 물물 교환도 했어. 가끔 집에서 쓸 만한 것들을 우편으로 보내는 사람들이 있거든."

리디아가 오토와 함께 묵묵히 일하는 레나의 뒤를 쫓아다니며 쉴 새 없이 떠들었다. 멀찌감치 떨어져 있는 독일군들도 사냥해서 잡은 노루를 어떻게 요리해 먹을지 논의라도 하는 듯 계속 독일어로 떠드느라 제소자들에게는 아무런 관심도 보이지 않았다.

"나는 그때 내가 이렇게까지 살아야 하나, 여기는 지옥이나 다름없다 그렇게 생각했었는데, 지금 보면 그때는 천국이었어."

리디아는 쉴 새 없이 레나에게 말을 걸었다. 레나는 눈 속에서 뭔가 먹을 것을 찾는 것보다 그렇게 떠드는데 더 열량이 많이 들지 않으냐고 리디아에게 묻고 싶었지만 참았다. 레나의 배에서 나는 꼬르륵거리는 소리가 리디아의 수다에 묻혔다. 이제껏 먹어 본 적도 없는 풀뿌리며 나무껍질들을 모으던 레나는 얼마 지나지 않아 장갑도 끼지 않은 손이 곱아들고 신발이 젖어서 발이 얼어붙는 것 같이 아팠다.

"너, 막사로 돌아가면 장갑이랑 발싸개부터 만들어야겠다."

리디아가 빨개진 레나의 손을 잡고 요리조리 돌려 보더니 충고 했다.

"어떻게?"

레나가 물었다.

"오늘 막사로 돌아가면 몇 명쯤은 죽어 있을 거야. 독일군이 데 려가기 전에 그 사람들 옷가지를 벗겨 내다 네 장갑이랑 발싸개를 만들면 돼. 이런 차림으로는 여기에서 살아남을 수 없어."

리디아가 이런 말을 아무렇지도 않게 하는 것을 듣고 레나는 기 가 막혔으나, 딱히 리디아를 탓할 일은 아니라는 생각도 들었다. 아닌 게 아니라 내일도 모레도 앞으로도 이렇게 살려면 장갑과 발 싸개는 있어야 할 것 같았다.

막사로 돌아와 보니 리디아가 말한 대로 죽은 사람들이 있었다. 안타깝게도 그중 하나는 에바였다. 에바는 레나가 오전에 막사를 나가기 직전과 똑같은 모습으로 다시 눈을 뜨지 않았다. 오토는 그런 에바의 모습을 멀뚱멀뚱 바라보기만 했다. 올가가 아주 오랜만에 자리에서 몸을 일으켜 그런 오토의 뺨을 쓰다듬어 주었으나 오토는 아무런 반응도 보이지 않고 레나의 손을 꼭 잡고 있었다.

"얘는 에바가 자기 엄마인 줄 모르는 거야. 에바가 돌봐주지 않은 지 오래됐으니까. 알을 깨고 나와 제일 처음 보는 게 엄마인 줄 아는 작은 병아리처럼, 레나 네가 엄마인 줄 알고 있어. 하여튼 레나 네가 이 막사에서는 지금까지 가장 오래 오토와 함께 있어 줬으니까."

쉬지 않고 조잘대던 리디아조차 목이 멘 듯한 목소리로 중얼거렸다.

"비켜요, 비켜. 에바가 오토 엄마인 것은 다들 알죠? 에바의 것은 오토 거예요."

리디아는 슬금슬금 눈치를 보며 에바의 남편이 남겨 놓은 에바의 모포며 두툼한 외투를 향해 다가오는 다른 제소자들을 떨어내며 소리쳤다. 다른 제소자들은 그런 리디아의 서슬에 시선을 피했다.

"우리가 이렇게 살아도 아직 에바 것은 오토에게 주는 양심은 남아 있잖아요."

이렇게 말하는 리디아의 눈에는 리디아답지 않게 눈물이 흘렀다. 지켜보는 레나도 오토를 안고 눈물을 흘렸다.

독일군이 에바와 죽은 이들의 시체를 막사 밖으로 가져간 후 막사 안에는 적막이 흘렀다. 레나는 잠이 오지 않았다. 리디아도 쉽게 잠들지 못한 채 계속 뒤척이고 있었다. 잠자는 오토의 나지막한 숨소리만 쌔근쌔근 들려 왔다.

"에바는 어디로 데려가는 거야?"

레나가 리디아에게 물었다.

"그거야 모르지."

리디아가 풀이 죽은 목소리로 대답했다.

"전 같으면 소각장에서 태웠을 수도 있었겠지만, 지금은 땅에 묻을 수도 있고, 그냥 들판에 버릴 수도 있고."

리디아가 혼잣말하듯 낮게 중얼거렸다.

"오토의 아빠는 어떻게 죽었어?"

레나가 잠시 후 다시 물었다.

"몰라. 다른 막사에 있었으니까. 처형당했는지, 굶어 죽었는지, 과로사로 죽었는지, 안락사를 당했는지, 아니면 의사들이 데려갔는지."

리디아가 대답했다.

"어쨌든 아우슈비츠는 어떻게 죽었는지, 어디에 묻혔는지 아무도 모르는 시체들의 거대한 무덤 위에 지어진 집이야."

리디아는 이렇게 덧붙이고 돌아누웠다.

한동안 이와 같은 날들이 계속되었다. 해가 뜨면 밖으로 나가 무엇이든 먹을 수 있는 것이나 연료로 사용할 수 있는 것들을 찾고, 해가 질 때쯤 돌아와 가끔 독일군이 주는 식량과 같이 먹었다. 먹을 수 있는 것은 무엇이나 입 속에 넣었고, 목이 마르면 쌓인 눈을 녹여 마셨다. 오토는 레나의 꽁무니를 졸졸 따라다녔다. 별 불평 없이 주는 대로 먹었고, 무엇이든 더 달라는 법도 없고 남기는 법도 없었다. 레나가 아침 일찍 들판으로 나설 때면 가끔 엄마의 모습을 보았다. 엄마의 머리카락은 군인들처럼 짧게 잘려 있었다. 레나는 엄마에게 무슨 일이 있지는 않았는지 알고 싶었지만, 서로 단 한 마디도 나눌 수 없었다.

13

1945년 1월, 독일군 친위대의 수장인 하인리히 힘러가 독일군에게 수용소를 비우고 퇴각할 것을 명령했다. 아우슈비츠 수용소의 사령관인 리하르트 베어는 퇴각 계획을 세우기 위해 자신의 저택에 수용소의 지휘관들을 소집하였다. 그중에는 독일군 친위대 장교이자 내과 의사인 요제프 멩겔레도 포함되어 있었다. 제소자들이 있는 막사와 달리, 사방을 벽돌로 쌓아 올려 만든 두꺼운 벽으로 보호되고 있는 사령관의 안락한 거실에서 이들은 따뜻한 차를 마시며 1945년 1월 17일부터 차례로 퇴각하기로 결정하였다. 1월 17일 리하르트 베어 사령관과 요제프 멩겔레가 먼저 독일 방향인 서쪽으로 출발하고, 레나와 엄마를 맞이하였던 오토와 헨릭은 1월 26일 마지막으로 아우슈비츠를 떠나기로 하였다.

1945년 1월 16일 레나와 오토, 리디아를 비롯한 포로들이 모두 막사로 돌아오자 독일군 친위대는 각 막사의 입구를 막아 버렸다. 그러자 막사 안이 술렁이기 시작했다. 막사 안의 사람들은 해가 지고 막사로 돌아오면 으레 한 번도 밖으로 나간 적은 없으나, 그렇다고 독일군 친위대가 막사 입구를 막아 버린 적도 없었기 때문이다. 다들 영문을 몰랐지만 다음 날 아침이면 알 수 있을 거라는 막연한 생각과 함께 잠이 들었다.

1945년 1월 17일 사령관인 리하르트 베어와 요제프 멩겔레를 태운 군용 차량을 포함한 선발대가 먼저 떠났다. 그러고 나서 독일군 친위대는 막사를 하나씩 열고 제소자들을 일렬로 세우고는 이들을 이끌고 서쪽으로 걷기 시작했다. 기차가 운행되는 가장 가까운 기차역으로 걸어가서 이들을 독일의 베르겐 벨젠이나 다하우에 있는 수용소로 보낼 작정이었다. 물론 그들이 가는 도중 죽지 않고 무사히 도착한다면.

한동안 제대로 먹지 못해 비쩍 마른 제소자들은 괴로운 표정으로 어디로, 왜 가는지 듣지 못한 채 독일군이 이끄는 대로 발걸음을 옮겼다. 수용소에 올 때 가지고 왔던 짐들은 다 빼앗기거나 사라지고 다들 빈손으로 길을 나섰다. 한 무리의 제소자들이 독일군 친위대와 함께 떠나고, 다른 무리의 제소자들의 행렬이 차례차례 이들 뒤를 따랐다. 이들 죽음의 행군이 끝도 없이 이어졌다.

아직 풀려나지 않은 막사 안에 있던 레나와 오토, 리디아, 그리고 그 외 제소자들은 밖에서 무슨 일이 일어나고 있는지 전혀 알지 못했다. 이들은 언제까지 갇혀 있어야 할지 알지 못한 채 그대로 누워 있었다. 언제 막사의 문이 열릴지 몰라 아무것도 먹을 수도, 마실 수도 없었고, 이대로 언제 죽게 될지 모르니 조금이라도 움직이는 것은 사치였다. 다만 막사의 벽 틈으로 새어 들어오는 햇빛이 사라졌다 다시 스며들기를 반복하는 것으로 날짜를 짐작할 뿐이었다. 1945년 1월 20일과 26일에 뭔가가 폭발하는 소리가 들려왔으나 아무도 관심을 가지지 않았다. 몇몇은 이미 죽어 있었고, 아무도 그들을 들여다보거나 확인할 생각을 하지 않았다.

1945년 1월 27일 갑자기 밖이 소란스러워지더니 막사의 문이 열렸다. 막사의 입구를 바라보던 레나는 오랜만에 보는 빛에 눈이 부셔서 앞이 잘 보이지 않았다. 아이러니하게도 1939년 폴란드 동부를 점령했다 독일에게서 쫓겨났던 소련군이 다시 폴란드로 돌아와 아우슈비츠 수용소를 열고 레나가 있던 막사에 자유의 빛을 가져다주었다.

소련군의 눈에 비친 레나와 오토, 리디아를 비롯해 아우슈비츠에 남겨진 사람들의 모습은 참혹했다. 이들은 제대로 먹지 못해 매우 야위었고, 상당수가 굶주림과 갈증으로 이미 사망한 상태였다. 레나와 오토, 리디아는 가지고 있던 물을 조금씩 마시면서 버텼다. 다른 막사에서는 막사의 갈라진 벽으로 막사 밖의 눈을 끌어모아

마시며 살아남은 사람들도 있었다. 이들이 같은 막사 안의 다른 이들이 가진 것을 빼앗지 않은 이유는 단지 다른 이들의 것을 빼앗을 만한 힘도 남아 있지 않았기 때문이었다. 오토는 아무런 불평도 하지 않았지만 많이 약해져 있었다. 리디아는 자주 굶주림에 시달린 오토가 또래 아이들만큼 자라지 않을 것이라고 걱정했다.

소련군이 아우슈비츠에 발을 들이고 나서 제일 신경 쓴 일은 독일군 친위대의 만행에 대한 증거를 모으는 것이었다. 이들은 파괴되지 않고 남아 있는 건물들과 막사를 돌아다니면서, 그들 눈에 비친 뼈만 앙상하게 남은 생존자들과 굶거나 병든 채 방치된 시체들의 사진을 찍었다. 전쟁에서 수도 없이 많은 시체를 봐 왔던 군인들이었지만, 이들이 증거로 남겨야 하는 장면들은 끔찍하기 이를 데가 없었다. 차라리 총이나 포탄을 맞고 바로 죽는 게 이것보다는 더 나을 것 같다고 뇌까리는 군인들도 많았다.

소련군은 자신들이 주는 배급으로 조금 기운을 차리자마자 밖으로 나와 철조망을 둘러싸고 호기심에 가득 찬 눈으로 소련군을 쳐다보는 철없는 아이들과 가볍게 대화를 나누는 것으로 그 참혹한 장면을 목격한 후 받은 스트레스를 풀었다.

소련군은 포로수용소에서 죽은 시체들의 화장과 매장을 담당했던 존더코만도라고 불리는 특수 사령부와 카포라고 불리는 유대인 감독관들을 찾아내 이들이 기억하는 사건들에 대한 증언을 듣기 시작했다. 이들을 찾아내는 것은 어렵지 않았다. 생존자들은 누가 먼저랄 것도 없이 앞다투어 소련군에게 존더코만도와 카포들을 지목했다. 이들과 이들에게 원한이 있었던 생존자들 사이에 종종 다툼이 있어서 소련군은 존더코만도와 카포를 다른 생존자들과 멀찌감치 분리해야 할 정도였다.

존더코만도는 죽은 사람들의 시체를 화장하거나 땅에 묻는 사람들로 독일군 친위대로부터 다른 제소자들보다 조금 더 나은 숙소와 배급을 받을 수 있었다. 이들은 죽은 자들의 시체에서 나온 귀중품들을 정리하는 역할도 했다. 다른 제소자를 직접 관리하지는 않았기 때문에 제소자와 직접적인 충돌은 적었지만, 소련군이 아우슈비츠를 해방하고 봤던 시체들과 같은 끔찍하고 참혹한 장면들을 그동안 계속 봐야 했던 이들의 스트레스는 매우 컸다. 그래서 독일군 점령 당시에 자살한 존더코만도들도 종종 있었고 살해되거나 다른 제소자로 대체된 이들도 있었다.

1944년 10월 7일에는 이들이 독일군 친위대 3명을 죽이고 반란을 일으키기도 했으나 곧 제압되어 200명가량이 처형되는 사건도 발생했다. 소련군은 이들이 안내하는 매장지에서 아직 썩지 않은 시신들을 발견하고 사진을 찍어 증거 자료로 남겼다. 이들 중 몇몇은 독일군 친위대가 아우슈비츠에서 퇴각하기로 하고 시체 소각장을 파괴하면서 시체 소각장을 담당하던 존더코만도를 살해해 같이 묻었을 수도 있다고 주장했다. 그러나 소련군은 현재 아우슈비츠에 남아있는 존더코만도들의 숫자나 퇴각할 때 수용된 제소자들을 데려간 독일군의 행동에 비춰 봤을 때 그럴 이유가 명확하지 않아 반신반의하였다. 수용된 제소자도 데려가는데 굳이 존더코만도를 살해할 이유가 없었기 때문이다. 또한 소련군들은 지식인들이나 목격자 혹은 사건 관계자가 때로는 자신의 경험을 과장하거나 실제 발생하지 않은 일을 발생한 것처럼 착각할 수 있다는 것을 잘 알고 있었기 때문에 최대한 객관적인 증거가 있거나 여러 사람들이 목격한 사건 위주로 조사를 시작했다. 나중에 존더코만도가 써서 묻어둔 일기가 발견되기도 했다.

카포들은 이들과 달리 제소자를 직접 관리하고 제소자에게 폭력을 행사할 수 있는 권한이 있었기 때문에 존더코만도에 비해 생존자들과의 마찰과 반목이 훨씬 컸다. 제소자들은 항상 굶주려 있어서 독일군 친위대가 조금이라도 더 많은 배급을 준다고 하면 그

쪽으로 끌릴 수밖에 없었다. 다른 제소자들을 관리하고 폭력을 행사하다 금방 죄책감에 관리 능력을 상실하는 유약한 제소자들보다 더 폭력적이고, 상대방에게 가하는 폭력에 대한 죄의식이 덜한 제소자들이 독일군 친위대의 입맛에 더 맞았고 카포로 더 적당했다. 다른 제소자들에게 더 폭력적인 카포일수록 독일군 친위대가 그들에게 가하는 폭력에 더 비굴하게 복종했다.

이들은 소련군에게도 골칫거리였다. 눈치가 빠르고 약삭빠른 이들은 자신들이 저지른 잘못에 대해 입을 잘 열지 않았다. 1968년 슈투트호프(Stutthof) 재판에서는 2명의 아우슈비츠 카포에게 종신형이 선고되기도 했다.

막사 밖으로 나온 날부터 줄곧 레나는 엄마를 찾아 다녔으나 만날 수 없었다. 엄마를 기억하는 사람도 없었고 죽었는지 살았는지 알 수 있는 사람도 없었다. 소련군이 추정한 아우슈비츠 생존자는 대략 7,000명이었고 이들 중 면담이 끝난 생존자들은 차례로 카토비체에 있는 소련군 이동 캠프로 옮겨졌다. 소련군은 오토와 함께 온 레나에게 오토가 아들이냐고 물으며 수용소 내에 가혹 행위가 있었는지 물었다. 레나는 아니라고 대답하고 소련군에게 에바에 대한 얘기를 들려주었다. 그리고 나서 엄마의 이름과 인상착의를 알려 주면서 혹시 본 적이 있거나 들은 적이 있냐고 물었다. 소련군은 고개를 가로저었다. 다만 엄마가 사망하지 않았다면 독일군 친위대가 퇴각할 때 데려간 제소자들 중에 포함됐을 수 있다고 했다.

레나는 오토, 리디아와 함께 카토비체에 있는 소련군 이동 캠프로 옮겼다. 레나와 리디아는 이동 캠프에서 나탈리아라는 이름의 간호 장교의 지휘를 받으며 부상자 치료 시설에서 일했다. 오토는 아우슈비츠에서와 마찬가지로 다른 아이들과 소련군의 뒤꽁무니를 쫓아다니면서 사탕이나 초콜릿 같은 것을 잔뜩 받아와 리디아의 사랑을 듬뿍 받았다. 나탈리아는 우크라이나 지역에서 자란 40대 초반의 자원 입대자로, 눈치 빠르고 싹싹한 리디아를 매우 좋아했다. 그녀는 리디아에게 우크라이나 언어와 간호 지식 같은 것들을 알려 주었다.

리디아는 왜 독일군이 퇴각할 때 수용소의 제소자들을 데려갔을까 항상 궁금해했다. 버려두고 가거나 풀어 주면 독일군들도 퇴각하기 훨씬 쉬울 텐데, 왜 굳이 제소자들을 데려갔냐는 것이었다. 나탈리아는 1944년 10월에 존더코만도들의 반란을 겪은 독일군 친위대로서는 아우슈비츠 수용소의 제소자들을 전부 방면해 주기는 힘들었을 거라고 했다. 제소자들을 방면했다가는 독일군보다 많은 숫자의 제소자들이 독일군을 공격할지도 모른다고 판단했을 수도 있다는 것이다. 그리고 아마도 제소자들을 다 죽이지도 못했을 거라고 했다. 독일군이 자비로워서가 아니라 탄약이 모자라거나 제소자들이 어쨌든 다 죽는다는 것을 알게 되면 독일군에게 저항하여 해를 끼칠 수도 있기 때문이다.

또한 전쟁을 끝내고 싶은 독일군과 연합군 사이에 협상이 진행 중이니, 독일군이 독일에 불리한 증언을 할 수도 있는 수용소 제소자들을 전부 독일로 데려가고 싶어 했을 거라는 것이 나탈리아의 의견이었다. 다만 그 전에 소련군이 아우슈비츠에 당도해서 그러한 계획은 실패했지만, 독일군들이 연합국 출신의 포로들을 데려가면 연합군과의 협상에 이용할 수도 있을 것이고, 아무튼 독일군 사령관들은 퇴각하는 독일군 전체의 편의보다 자신들의 전쟁 범죄 은폐에 더 신경을 쓴다는 것 또한 나탈리아의 생각이었다. 독일군 사령부는 소련군이나 연합군이 독일까지는 진격하지 못할 거라고 판단했거나, 이들이 독일에 진입하기 전에 협상을 끝낼 수 있을 거라고 착각해서 포로들만 독일로 데려가면 자신들의 만행을 숨길 수 있다고 착각하는 멍청이들일 수 있다는 것이다.

1945년 4월 30일, 히틀러가 자살했다는 소식이 전해졌다. 생존자들은 자신들에 대해 조금도 알지 못하면서 자신들의 인생을 좌지우지했던 히틀러의 사망에 매우 기뻐했다. 히틀러는 이기기 어려운 상대, 소련이나 영국, 프랑스 대신 독일군이 쉽게 이길 수 있는 존재, 폴란드를 공격하는 것으로 제2차 세계 대전을 시작했다. 그리고 쉽게 이길 수 있는 상대에게서 자신감을 얻은 다음, 더 센 상대를 이길 수 있다는 착각 속에서 모든 것을 잃고 자살할 때까지 전쟁을 계속했다. 그런 면에서 전쟁은 히틀러에게는 질 때까지 끝을 모르고 계속하는 도박과도 같은 것이었다.

1945년 5월 7일 독일이 연합국에 항복했다. 자살한 히틀러를 비롯한 많은 독일 지휘부가 이름을 바꾸고 이미 도망쳤기 때문에, 연합국에 항복한 독일군 상급 대장은 알프레드 요들이라는 별로 눈에 띄지도 않았던 인물이었다. 원한에 사무친 생존자들이 눈에 불을 켜고 도망친 독일군 전범들을 찾으러 다닌다는 얘기도 들려왔다.

그렇게 시간이 흘러 1945년 6월이 되자 레나와 리디아는 소련군으로부터 집에 돌아가도 좋다는 허가를 받았다. 레나는 오토와 함께 리브니크에 있는 집으로 돌아가고, 바르샤바에서 떠돌아다니던 집시였던 리디아는 소련군 캠프에 남아 나탈리아를 돕다가 나탈리아를 따라 우크라이나로 가기로 했다. 나탈리아는 리디아가 우크라이나에서 뭘 하든 도와주기로 했다. 나탈리아나 소련군은 오토가 소련군 캠프에 남았다가 나탈리아와 리디아를 따라가거나 레나보다 더 나이가 많은 어른들이 데려다 기르기를 바랐으나 오토는 듣지 않았다. 사탕과 초콜릿으로 아무리 달래 봐도 오토는 완강히 레나를 붙잡고 놓지 않았다.

오토가 뭔가를 바란다거나 자기주장을 그렇게 확고히 표현한 것은 처음 있는 일이었다. 그래서 그런지 소련군과 나탈리아도 오토를 더 붙잡지 않았다. 집으로 돌아가는 레나와 오토에게 다른 생존자들보다 조금 더 많은 배급품을 넣어 주었을 뿐이었다. 레나는 엄마가 자신보다 먼저 집에 돌아와 자신을 맞아 주기를 바랐다.

레나와 오토는 체코슬로바키아로 이동하는 소련군의 군용 차량을 얻어 타고 서쪽으로 가다, 리브니크 근처에서 내려 집까지 걸어가기로 했다. 레나가 집을 떠나올 때는 눈 덮인 겨울이었는데 돌아갈 때는 파릇파릇한 풀이 돋아나고 참나무가 우거진 여름이었다. 오랫동안 다른 나라에 점령된 채 주인의 손길이 닿지 않아 여기저기 잡초가 자라고 정돈되지 않은 들판에 여름 햇살이 내리쬐고 있었다. 수용소 밖을 거의 알지 못하는 오토는 레나가 자꾸 끌어내려 앉혀도 신기한 듯 자꾸 자리에서 일어서서 밖을 바라보았다.

  소련군은 레나와 오토를 길가에 내려 주고 레나에게는 나침반을, 오토에게는 사탕과 초콜릿을 주머니 가득 넣어 주고는 떠나 버렸다. 레나는 한 손에는 소련군 이동 캠프를 떠나기 전에 베껴 그린 지도를 들고, 다른 한 손으로는 오토를 잡고 리브니크 방향으로 계속 걸었다. 누군가 경작하는 밀밭이 드문드문 보이기도 했다.

14

레나와 오토는 해가 지기 직전 리브니크에 도착했다. 독일군들이 입구에 다윗의 별을 그려 놓았던 벨라 씨의 가게를 지나 집에 가 보니, 땔감으로 쓸 만한 것들은 다 떼어 가서 언젠가 루카스가 엄마를 조사하던 독일군 관사처럼 안이 훤히 들여다보였고, 레나의 방이 있던 2층으로 가는 계단도 죄다 뜯겨 있었다. 남아 있는 가구들도 별로 없었다. 레나는 군데군데 구멍이 뚫린 마룻바닥과 너저분한 잔해들을 지나 지하실로 향했다.

지하실 안은 예전에 레나가 엄마와 숨어 있을 때와 별반 다르지 않았다. 구석에 매트리스가 그대로 놓여 있었고, 모포는 반쯤 찢어져 반대편 구석에 널브러져 있었다. 엄마가 저녁마다 무언가를 꺼내 보던 자물쇠가 달린 서랍의 한쪽 면은 부서져 있었다.

오토가 매트리스에 앉아 가져온 빵과 초콜릿을 우물거리는 동안, 레나는 그동안 열고 싶어도 열지 못했던 서랍을 살펴보았다. 부서진 틈 사이에 작은 사진 하나가 삐죽이 나와 있었다.

사진 속에서 엄마가 두세 살쯤으로 보이는 레나를 안고 미소 짓고 있는 것이 보였다. 서랍을 열어보니 이렇게 레나와 엄마를 찍은 사진 몇 장과 엄마의 일기, 그리고 레나가 엄마에게 쓴 크리스마스 카드 같은 것들이 들어 있었다. 레나는 이것들을 훑어보다가 엄마의 일기를 집어 들고 읽기 시작했다.

1914년 7월 28일

한 달 전 오스트리아의 황태자와 황태자비가 보스니아-헤르체고비나의 도시 사라예보에서 살해되었다. 암살자는 세르비아인이다. 그래서 그런지 오스트리아가 오늘 세르비아에 선전포고를 했다고 한다. 아빠가 전쟁에 나가 싸울지도 모른다. 그래서 엄마는 걱정이 많다.

1914년 11월 2일

아빠가 유제프 피우수트스키가 이끄는 폴란드 군대에 자원입대하여 참전하기로 결정했다. 엄마가 말리는데도. 아빠는 원래 폴란드인이므로 폴란드를 위해 싸워야 한다고 했다. 폴란드가 지금은 오스트리아-헝가리 제국에 속해 있지만 전쟁이 끝나면 분리 독립할 거라면서. 우리 가족이 지금 살고 있는 체코슬로바키아도 마찬가지로 전쟁이 끝나면 분리 독립할 수 있을 것이라고 했다. 엄마는 밀레나는 어떻게 하냐며 울기만 한다.

1916년 8월 6일

아빠가 전사했다는 통지를 받았다. 엄마는 피우수트스키 때문
이라면서 계속 울기만 한다. 엄마에게 뭐라고 해야 할지 몰라 나도
엄마 옆에 앉아서 계속 울기만 했다. 아빠가 전쟁에 나가 집에 없
는 것에 조금 익숙해지기는 했지만, 앞으로도 계속 없을 거라고 생
각하니 막막하기만 하다.

1918년 11월 11일

전쟁이 끝났다고들 한다. 그리고 아빠가 말한 대로 폴란드와 체
코슬로바키아는 독립 국가가 되었다. 엄마는 그게 나랑 무슨 상관
이냐며 엄마나 나에게는 별반 다를 게 없다고 했다. 아빠의 전사
통지서를 받은 이후, 엄마는 모든 일에 다 부정적이다.

1918년 이후의 엄마의 일기에는 엄마가 학교를 졸업한 이야기,
아빠를 만나 결혼하고 폴란드로 이주할 때 할머니가 펑펑 운 이야
기, 리브니크의 사람들과 있었던 소소한 이야기, 그리고 체코슬로

바키아에 남아 있는 할머니를 방문한 이야기들이 쓰여 있었다.

1934년 8월 24일

아돌프 히틀러라는 인물이 독일의 대통령 겸 총리가 되었다고 한다. 원래 오스트리아-헝가리 제국에서 태어난 오스트리아인인데, 아빠가 전사한 1차 세계 대전에 참전하기 싫어 독일로 도망쳤는데도 독일의 대통령 겸 총리가 되었다고 사람들이 수군거렸다. 나치라고도 하는 국가사회주의독일노동자당 소속인데, 이 사람들은 유대인들의 상점을 때려 부수기도 한다고 했다. 겁이 많은 유대인인 엄마는 체코슬로바키아가 오스트리아-헝가리 제국으로부터 분리된 것도 잊어버리고, 그런 못된 놈이 오스트리아-헝가리의 영토에 남아 있지 않고 독일로 가 버려서 다행이라고 하자, 사람들이 깔깔 웃었다. 히틀러는 1919년 6월 28일 여러 국가들이 모여 폴란드, 체코슬로바키아의 분리 독립을 약속한 베르사유 조약도 매우 싫어한다고 했다. 1차 세계 대전에서 독일이 져서 다른 나라들에게 독일 땅을 빼앗기고 전쟁 보상금도 지불해야 하기 때문에 그렇다는데, 엄마는 히틀러가 독일로 가 버려서 다행이라고 한 것도 금방 잊고 오스트리아인인 주제에 독일을 엄청 사랑하나 보다고 했다.

레나의 방학을 맞아 엄마를 방문했다. 내가 결혼하고 리브니크로 옮겨온 후 엄마는 줄곧 보후민에 홀로 살고 계신다. 레나는 오랜만에 할머니를 만나는 것이 너무 기쁜 나머지 잠을 설치더니 도착하자마자 잠들어 버렸다. 오랜만에 엄마와 이것저것 얘기하는데 갑자기 엄마가 보후민 시내의 가게에 나와 똑같이 생긴 사람이 일하고 있다고 했다. 이름도 '밀레나'라고 했다. 나는 그저 웃어넘겼다. 그랬더니 내가 엄마 얘기를 못 믿는다고 생각했는지, 엄마는 사람들도 내가 리브니크에서 쫓겨나서 다시 집으로 돌아온 줄 알 정도라고 하면서 꼭 찾아가서 확인해 보라고 했다.

엄마와 똑같이 생긴 밀레나, 여기까지 읽은 레나의 표정이 미묘하게 변했다. 레나는 다시 일기를 읽어 내려가기 시작했다.

1938년 7월 10일

레나와 함께 시내에 있는 성당에 들렀다. 엄마는 유대인이라 성당에 가지 않고 집에 그냥 머물렀다. 성당에 다녀오는 길에 엄마가 말한 나와 똑같이 생겼다는 밀레나가 일하는 가게 앞을 지나게 되었다. 정말이지 다른 밀레나는 나도 깜짝 놀랄 정도로 나와 똑같이 생겼다. 레나는 아무 얘기가 없는 것을 보니, 다른 밀레나를 못 본 것 같다. 세상에는 참 신기한 일도, 알 수 없는 일도 많다.

1938년 7월 19일

독일에서 유대인에 대한 탄압이 점점 심해진다고 한다. 사람들이 전쟁이 나서 독일인이 체코슬로바키아나 폴란드까지 들어올 수 있다고 하니까 엄마는 걱정이 태산이다. 러시아에 있는 친구네로 피신할지도 모른다며 결정되면 알려 주겠다고 했다. 엄마는 독일이 덩치가 큰 러시아를 쉽게 침략하지는 않을 테니 러시아는 안전할 것이라고 생각한다. 엄마가 나이가 많은데 러시아까지 무사히 갈 수 있을까. 아끼는 것이라며 찻잔 같은 것을 이것저것 챙기시기에, 여행 중에는 쉽게 깨질 수 있으니 가볍고 꼭 필요한 것만 들고 가시라고 말씀드렸다.

1938년 8월 21일

독일이 폴란드를 점령할 가능성이 크다고들 한다. 처음에는 셰링 선생님이 그렇게 얘기하고 다니기에 조금 과장된 생각이겠거니 했는데, 스트로예크 씨나 다른 분들도 그게 완전히 빈말은 아닌 것 같다고들 한다. 노인이든 어린애든 가릴 것 없이 유대인들을 강제로 잡아갈 수도 있다고 하는데, 리브니크에서 내가 유대인인 줄 아는 사람은 벨라 씨 밖에 없고, 나는 괜찮지만 혹시 레나에게 무슨 일이 생길까 걱정스럽다.

1938년 8월 24일

레나를 슈체르빈스카 부인 댁에 맡기고 보후민에 다녀왔다. 엄마는 레나를 두고 나 혼자 온 것이 수상했는지 이리저리 이유를 캐물었으나, 레나가 친구 가족과 멀리 여행을 가게 되어 그냥 혼자 왔다고 둘러댔다. 엄마는 계속 뭔가 다른 꿍꿍이가 있는 것이 아닌지 알고 싶어 하는 눈치였으나 나는 모르는 척했다. 그리고 시내에 있는 가게로 가서 다른 밀레나에게 언제 단둘이 얘기 좀 할 수 있겠냐고 물었다. 그랬더니, 다른 밀레나가 내일 저녁 자신의 집으로 오라고 하며 사는 곳을 알려 주었다.

다른 밀레나의 집에서 얘기를 나눴다. 내가 거두절미하고 혹시
유대인이냐고 물었더니 다른 밀레나는 몹시 놀랐다. 나는 나치나
인종차별주의자가 아니라고 말하고, 나에게는 몹시 중요한 일이니
꼭 대답해 줬으면 좋겠다고 했다. 다른 밀레나는 조심스러워하면
서 내게 출생증명서를 보여 주었다. 다행스럽게도 다른 밀레나는
유대인이 아니었다. 내가 가슴을 쓸어내리며 안도의 한숨을 내쉬
었더니 다른 밀레나가 놀라며 찬물을 한 잔 가져다주었다.

나는 다른 밀레나에게 다짜고짜 나에게는 레나라는 딸이 하나
있고 폴란드의 리브니크에 살고 있는데, 나 대신 레나를 돌봐 줄
수 있냐고 물었다. 다른 밀레나의 표정이 일그러지며, 나를 미친
여자가 아닌가 하는 눈으로 바라보았다. 나는 다른 밀레나의 손을
꼭 붙잡고 독일군이 곧 폴란드를 점령하면 내가 유대인이라 레나
까지 해를 입을 수도 있다고 얘기했다. 폴란드군이나 연합군이 독
일군을 폴란드에서 쫓아내면 조금도 지체 없이 다시 돌아올 테니,
그때까지만 레나를 꼭 돌봐 달라고 애원했다. 다른 사람이 돌보게
되면 혹시 내가 유대인이 아닌지 의심하는 사람이 있을 수 있으니
내가 없어진 것을 다른 사람이 알면 안 된다고.

다른 밀레나는 한참 동안 아무런 대답이 없었다. 다른 밀레나는 한참을 그렇게 조용히 생각에 잠긴 듯하더니, 나와 레나를 가게 밖에서 본 적이 있다고 했다. 전에 내가 레나를 데리고 성당에 다녀오던 날인 듯했다. 다른 밀레나는 자신과 똑같이 생긴 내가 레나를 데리고 자신과 조금 다른 삶을 사는 것이 신기했다고 했다. 평생을 혼자서 살아온 다른 밀레나는 레나와 같이 어린 딸을 데리고 부모를 방문하는 내 인생이 조금 궁금하기도 했다고 덧붙였다. 보살펴줄 대상이 있는 삶이란 어떤 것인지 잘 모른다면서. 그리고 보후민 사람들이 하도 레나는 어디에 두고 혼자 왔냐고 묻는 통에 레나가 자기 딸 같기도 하다고 덤덤하게 얘기했다. 그 얘기를 들은 나는 승낙하는 거냐고 물었다. 그랬더니 다른 밀레나가 고개를 끄덕였다. 나는 너무 기뻐서 다른 밀레나를 안고 몇 번이나 고맙다고 말했다. 그러고 나서 이 사실은 우리 엄마도 알아서는 안 된다고 신신당부했다.

1938년 8월 26일

다른 밀레나의 집에 가서 다른 밀레나가 실수하거나 리브니크 사람들이 눈치채지 못하도록 레나와 리브니크 사람들에 대해 자세히 알려 주었다. 리브니크 사람들의 인상착의와 이름에 대해서도 알려 주었다. 다른 밀레나도 보후민 사람들이 알고 있는 나와 레나의 이야기에 대해서는 꽤나 많이 알고 있었다. 다른 밀레나는 내가 해 주는 이야기들을 받아 적으면서 리브니크에 가기 전에 꼭 다 암기하겠다고 했다. 그래도 혹시 몰라 리브니크 사람들의 초상화를 될 수 있는 대로 실물과 비슷하게 그려 나의 일기와 함께 보관해 놓겠다고 했다. 다른 밀레나가 실수 없이 잘해 주기만을 바랄 뿐이다.

1938년 9월 17일

동이 트기 전이다. 사방이 깜깜하다. 새벽 4시 정도 되었을 듯하다. 나는 레나를 다른 밀레나에게 맡기고 다른 사람들이 보기 전에 몰래 떠나야 한다. 다른 밀레나에게 전달할 리브니크 사람들의 이름이 쓰인 초상화를 지하실 서랍 안에 있는 일기 옆의 상자에 넣어 놓았다. 레나가 잠들 때까지 레나 곁에 있어 주었다. 레나는 침대에 누워 언제나처럼 천진난만하고 밝은 표정이었다. 소풍 전날이라도 되는 듯 눈을 반짝이며 잠이 오지 않는다고 하기에 한참 동안 동화책을 읽어 주었다. 레나가 잠이 들자 이불을 덮어 주고 이마에

키스해 주었는데 눈물을 참으라고 혼났다.

지금 레나를 떠나면 언제 다시 볼 수 있을까. 알 수 없다. 눈물이 하염없이 흘러 지금 일기를 쓰기도 힘들 정도이다.

레나가 넘기는 일기장의 귀퉁이의 글자는 물에 젖은 것처럼 잉크가 번져 있었다. 그 위로 다시 눈물이 한 방울씩 뚝뚝 떨어졌다.

1938년 9월 17일

…레나의 반항과 나에 대한 거부감이 심하다. 마치 밀레나가 떠난 것을 알기라도 하는 것처럼….

레나는 눈물이 가득 고여 눈이 뿌예져서 더 이상 엄마의 일기를 읽을 수 없었다. 일기를 내려놓고 옆에 놓인 상자를 열어 보니, 리브니크 사람들의 얼굴이 그려진 초상화와 사진들이 있었다. 레나는 다리에 힘이 풀려 그 자리에 주저앉았다. 레나는 예전 뭔가가 달라진 것을 느끼고 잠에서 깼던 그날을 다시 기억해 냈다.

유난히 들뜨고 수상했던 그날 아침이 아니라 전날 저녁부터 뭔가 예기치 못했던 일이 벌어지리라는 것을 직감하고 있었던 듯, 잠이 오지 않았던 것도 기억났다. 그 전날 왠지 모르게 서글퍼 보이는 엄마의 모습도 기억났다. 잠결에 이마에 닿았던 엄마의 입술에서 평소와 다른 촉촉한 물기가 설핏 느껴졌던 것 같다.

15

레나는 리브니크에 남아 전쟁을 견뎌낸 사람들, 그리고 리브니크에 살아 돌아온 사람들과 함께 전쟁 중에 부서지고 파괴된 집들을 수리하고 땅을 일궜다. 전쟁을 갓 치르고 난 폐허와 통치자나 관리자가 없는 무정부 상태에서는 내 것과 네 것을 따지는 것이 무의미했을 뿐 아니라, 그럴 경우 더 피해를 보는 것은 레나와 오토와 같은 힘이 약한 여자와 아이들이다. 다행히 가지려고 다툴 만한 것도 없어서인지, 아니면 리브니크에 모인 사람들은 선량한 사람들밖에 없어서인지 이들은 큰 분쟁 없이 차례로 부서진 집들을 수리하고 함께 땅을 일궈 농사를 지을 수 있었다.

모두들 레나를 반겨 주었고, 굳이 엄마에 대해서는 묻지 않았다. 필리파는 레나에게 깨끗한 침구와 옷가지들을 가져다주었고, 스트로예크 씨는 부서진 가구들과 가재도구들을 고쳐 주었다. 레나의 친구인 슈체르빈스카 씨 댁의 폴라는 레나가 일하는 동안 오토를 돌봐주었다.

8월이 되자 레나의 집도 비바람이 새지 않을 정도로는 고쳐졌다. 스트로예크 씨는 겨울이 되기 전에 덧창을 달아 주겠다고 약속했다. 레나는 감사의 뜻으로 스트로예크 씨네 귀리 밭 경작을 도와주기로 했다. 그리고 그동안 잡초를 뽑고 자갈을 골라 낸 경작지에 감자를 심었다. 오토는 흙장난이라도 하듯이 레나의 옆에서 꼬물거리며 감자를 몇 개 심고는 감자가 잘 자라는지 하루에도 몇 번씩이나 그 옆에 쪼그리고 앉아 지켜보았다. 그러다 며칠 뒤 돋아난 감자 싹을 보고 환호성을 지르더니 그 옆에 소련군에게 받은 사탕을 하나 심었다.

감자를 수확할 때쯤 전쟁을 일으킨 범죄자들에 대한 재판이 열린다는 소식이 들려 왔다. 1945년 11월 20일 독일의 뉘른베르크에서 전범들에 대한 군사 재판이 시작되었다. 히틀러나 괴벨스처럼 전쟁이 끝나기 전에 도피하거나 자살한 주범들 외에 전쟁을 계획하고 실행에 참여한 공범 24명에 대한 재판이었다.

뉘른베르크 군사 재판은 국제적으로 협의된 규정을 위반하고 전쟁을 일으켜, 민간인의 살해, 학살, 강제 노동 및 이주와 같이 개인의 의지에 반하여 민간인의 신체 및 정신, 재산에 위해를 가하고 개인의 선택의 자유를 침해한 범죄에 대한 재판이었다. 이것들은 전쟁을 일으키지 않아도 범죄에 해당하는 행위이지만, 전쟁을 통해 국가 권력이 개입한 조직적이고 전방위적인 강제 행위는 형사 범죄가 아니라 전쟁 범죄이다.

전시가 아닐 경우에도 다른 사람을 죽이거나 다치게 하는 것은 형사 처벌을 받아야 하는 중범죄이다. 다른 사람을 죽이거나 다치게 할 의도가 없는 실수일지라도 처벌받는 범죄이다. 그러나 전쟁을 수행하는 군인 대다수는 개인적으로 적에게 위해를 가할 의도가 있는 것이 아니라, 다른 선택의 여지없이 강제로 징집되어 상대방을 죽이지 않으면 자신이 죽기 때문에 적을 죽이거나 다치게 하는 것일 수 있으므로 처벌 대상과 범위의 결정에 신중할 수밖에 없다. 전쟁 범죄 재판은 어쩌면 이렇게 강제로 국가의 명령에 따라 다른 이들에게 피해를 준 것을 후회하고 괴로워하는 자들은 사면하고, 많은 무고한 사람들을 죽고 다치게 하거나 범죄자로 만드는 전쟁을 계획하고 지시한 잘못된 선택을 한 소수에게 이 모든 잘못에 대한 책임을 지도록 가중 처벌하는 재판일지도 모른다. 뉘른베르크 재판은 이러한 전쟁 범죄에 대한 재판이다.

레나와 리브니크 사람들이 심은 밀과 귀리를 수확할 때쯤인 1946년 10월 1일, 뉘른베르크 군사 재판의 평결이 발표되었다. 24명이 기소되었는데 재판 직전 자살한 로베르트 라이를 제외한

23명 중 12명에게는 사형이, 3명에게는 무기징역이, 4명에게는 각각 10년에서 20년 사이의 징역형이, 3명에게는 무죄가 선고되었다. 나머지 1명인 프리드리히 크루프 주식회사의 최고 경영자 구스타프 할바흐는 아들이 대신 회사를 운영했기 때문에 잘못 기소된 것으로 방면되었다.

사형이 선고된 12명은 전쟁의 계획 혹은 전쟁 범죄에 직접 개입하거나 결정권이 있었던 독일 고위 관료들로 육군, 해군, 공군 군사 원수이거나 고위급 군사 지휘관, 장관을 비롯한 내각 관료 또는 점령지 총독, 장관들이었다. 육군 원수인 빌헬름 카이텔, 공군 제국원수 헤르만 괴링, 히틀러의 부관인 마르틴 보어만, 보안군 지휘관 에른스트 칼텐부르너, 육군 대장인 알프레트 요들, 강제노동 배정 지휘관 프리츠 자우켈, 외무국가장관인 요하임 폰 리벤트로프, 내무국가장관 빌헬름 프리크, 폴란드 총독부 총독인 한스 프랑크, 프랑크 총독의 부관이었다가 점령지 네덜란드의 장관으로 옮긴 아르투어 자이스잉크바르트가 사형을 선고받은 전쟁 범죄자들이다.

인종차별주의 이론가이자 동부 점령지 장관이었던 알프레트 로젠베르크와 반유대주의 주간지 발행인인 율리우스 슈트라이허에게도 사형이 선고되었다. 무기징역을 선고받은 3명은 나치당 부수

석인 루돌프 헤스, 경제국가장관인 발터 풍크, 1943년까지 해군 원수였던 에리히 레더이다. 유기징역형을 선고받은 4명은 에리히 레더 이후 1943년부터 1945년까지 해군 원수였던 카를 되니츠, 전쟁 전인 1938년까지 외무국가장관이었던 콘스탄틴 폰 노이라트, 군수물자 담당 장관이었던 알베르트 슈페어, 히틀러 청소년단 국가청소년 지도자인 발두어 폰 시라흐이다.

실제 민간인을 살상하거나 민간인에게 폭격을 가할 수 있었던 육군과 공군에 비해 민간인에게 피해를 줄 가능성이 적은 해상 전투를 벌이거나 물자 조달을 담당한 해군 원수에 대해서는 육군 및 공군 원수보다는 관대한 판결이 내려졌다. 알프레트 요들 육군 대장은 전쟁을 계획하거나 전쟁 개시의 결정권이 있었던 것은 아니지만, 1944년 10월 28일 독일군이 노르웨이에서 철수할 때 남은 사람들이 소련군을 도울 수 없도록 그들의 집을 모두 불태우도록 지시했다고 한다. 이처럼 전쟁 중 군인이 아닌 민간인을 사살하도록 지시했다면, 전쟁 범죄로 사형 선고를 받을 수 있다.

히틀러의 조력자였던 독일인들은 유대인과 민간인에 대한 차별,

강제 노동, 강제 이동 및 학살에 직접 관여하지 않았다고 하더라도, 이러한 행위에 대해 알고 있었고, 이를 막으려고 하거나 저항하지 않았다면 전쟁 범죄에 대한 도의적인 책임을 피할 수는 없다.

전쟁 중이 아닌 전쟁 전에 경제국가장관이었다가 해임 후 1944년까지 나치 강제수용소에 수감되어 있던 얄마르 샤흐트, 오스트리아와 터키 대사를 지낸 프란츠 폰 파펜, 라디오 해설가이자 독일의 나치즘 선전을 담당하는 부서의 뉴스 부문 국장인 한스 프리체에게는 무죄가 선고되었다. 이중 프란츠 폰 파펜은 1947년 재심으로 8년의 징역형이 선고되었고 2년 복역 후 석방되었다.

1946년 10월 16일 재판이 진행되는 도중 실종되었다가 나중에 살해된 시체로 발견된 마르틴 보어만과 사형 직전 자살한 헤르만 괴링을 제외한 10명에게 사형이 집행되었다. 불가침 조약을 파기하고 소련을 침략하여 많은 소련군을 사살한 독일에 대해 소련은 '침략은 범죄'라며 사형이 선고된 독일인 전쟁 범죄자들에게 총살형 대신 교수형을 집행하라고 주장하였다. 이 주장은 받아들여졌다. 징역형을 선고받은 7명은 독일의 슈판다우 감옥에 투옥되었다.

　1946년 12월부터 1949년 4월까지 나치 독일에 협조한 의사, 군인, 친위대 장교, 법관, 고위 공무원, 기업가, 기업 이사진 185명에 대한 재판이 진행되어 이중 142명이 하나 이상의 기소 혐의에 대해 유죄 선고를 받았다. 142명 중 24명에게는 사형이 선고되었는데, 이중 11명은 무기징역으로 감형되었다. 20명에게는 무기징역이, 98명에게는 유기징역이 선고되었다. 나머지 43명 중 무혐의가 선고된 피고는 35명, 신병을 이유로 재판이 중단된 피고는 4명, 재판 도중 자살한 피고는 4명이다.

에필로그

레나가 32세가 되던 1961년 4월 11일, 이스라엘의 예루살렘에서 아돌프 아이히만의 재판이 열렸다. 그는 유대인들을 동유럽의 유대인 거주지인 게토와 수용소로 강제 추방하는 것을 담당한 나치 친위대 국가보안본부 상급 돌격대 지도자였다. 전쟁이 끝나기 직전 위조 서류로 신분을 위장하여 도주하였으나, 이스라엘 정보기관에 의해 1960년 5월 20일 아르헨티나에서 체포되었다.

밭에서 일하고 돌아온 레나는 현관문을 열자마자 여느 때와 달리 뭔가 일어날 것 같은 수상한 낌새를 느꼈다. 열려 있는 창문을 통해 들어오는 바람에 커튼이 휘날리고 있었고, 지저귀는 새들이 앉아 있는 가지 끝은 창문 밖에서 작은 요람처럼 흔들거리고 있었다. 바람에서는 낯선 풀내음이 났다. 레나의 심장은 폴짝거리며 징검다리를 건너는 토끼처럼 쿵쿵 뛰기 시작했다. 열려 있는 창문으로 들어오는 햇살 끝을 따라가 보니 켜져 있는 TV에서 아이히만의 재판이 방영되고 있었다. 레나는 천천히 다가가 TV 앞에 있는 소파에 자리를 잡고 앉았다. 그러다 잠깐 비춰진 방청석에서 낯익은 얼굴을 발견했다. 예전보다는 조금 살이 찌고 둥글둥글해졌지만 틀림없는 리디아였다. 레나는 TV 속에 있는 리디아가 마치 레나의 앞에 앉아 있는 듯 반갑게 미소지었다.

—

　민서는 작은 섬마을에 사는 8살 어린이예요. 친구 로봇인 지민
이는 매일 아침 7시에 민서를 다정하게 깨워 주어요. 엄마는 아직
꿈나라에 있어요. 엄마는 항상 꿈나라에 있어요. 털이 하얗고 긴
친구 강아지, 공주가 졸린 눈을 비비는 민서를 보고 멍멍 꼬리를
흔들어요. 민서는 지민이 주는 아침을 먹고 학교에 갈 준비를 해
요. 지민은 잊지 않고 민서 옷에 브로치를 달아 주어요. 그게 있으
면 엄마는 민서가 어디 있는지 알 수 있고 어디서든 엄마랑 전화도
할 수 있어요. 민서는 공주와 함께 해저 터널을 지나는 캡슐을 타
고 학교에 가요. 놀이동산에 있는 관람차같이 신나요.

　학교에 도착한 민서는 공주를 동물 친구 놀이터에 맡겨 놓아요.
공주는 민서 친구들이 데려온 많은 동물 친구들과 함께 뛰어놀아
요. 로봇 친구 호세가 동물 친구들이 서로 싸우지 않고, 다치지 않
게 돌봐 주어요.

학교 끝나고 집에 가는 시간이 가까워지자 민서는 집에 가기 싫어졌어요. 집은 너무 심심해요. 어제의 집과 오늘의 집이 다르지 않아요.

'나는 심심한 게 싫은데.'

민서는 생각했어요. 그러다가 좋은 생각이 떠올랐어요.

"우리 놀러 가자."

민서가 인도인 친구, 애나이아에게 말했어요.

"엄마에게 물어봐야 해."

애나이아가 대답했어요.

"너도 같이 가자."

민서가 그리스와 레바논 혼혈인 친구 압둘라에게 말했어요.

"엄마가 싫어할 것 같아."

압둘라가 대답했어요.

"괜찮아. 인터가드가 있잖아."

민서가 씩씩하게 말했어요.

"그래도 안 될 것 같아."

압둘라가 모기의 날갯짓 소리처럼 조그맣게 대답했어요.

"그럼 내가 엄마한테 물어볼게."

민서는 교실 앞에 걸려 있는 커다란 모니터 앞으로 갔어요.

"엄마에게 전화."

"네, 엄마에게 전화할게요."

민서가 말하자 브로치가 대답했어요. 따르릉 전화벨이 울리고 모니터에 엄마의 얼굴이 나타났어요.

"안녕, 민서야?"

"안녕, 엄마. 지금 뭐 해?"

"응, 엄마는 집에서 일하고 있어. 숨만 쉬어도 건강해지는 새로운 호흡법을 만들고 있어."

"엄마, 나 친구들하고 놀러 가도 돼?"

민서는 엄마의 호흡법에 관심이 없어요.

"음, 어디에 갈 거야?"

"지구를 한 바퀴 빙 돌 거야."

"민서야, 그건 너무 오래 걸려. 저녁 먹을 때까지 집에 돌아올 수가 없잖아."

"엄마, 나는 지구를 한 바퀴 돌 거야."

민서가 마구 우겼어요.

"어휴, 네 고집을 누가 꺾니?"

엄마가 한숨을 쉬었어요.

"애나이아랑 압둘라도 같이 갈 거야."

"애나이아와 압둘라도?"

엄마가 놀랐어요.

"엄마가 애나이아랑 압둘라 엄마에게 말해 줘야 해. 애나이아랑 압둘라랑 같이 가고 싶어."

"애나이아 아빠와 압둘라 엄마에게 얘기는 해 볼게. 안 된다고 해도 너무 실망하지 마. 그래도 오늘 저녁에 맛있는 것 먹자."

"싫어, 싫어. 오늘 꼭 가고 싶어."

"어휴, 조금만 기다리고 있어. 전화해 볼게. 애나이아, 압둘라도 안녕~"

전화를 끊고 돌아보니 애나이아와 압둘라가 어느새 민서 뒤에 와 있어요.

"민서야, 애나이아 아빠와 압둘라 엄마가 너희들이 세계 일주를 가도 된다고 허락해 주셨어. 하지만 하루에 한 번씩 꼭 엄마, 애나이아네 집, 압둘라네 집에 전화하는 걸 잊으면 안 돼. 알았지? 담임 선생님께서도 괜찮다고 하시니까 조금 있다가 너희 셋이 같이 가서 다시 한번 말씀드리렴. 조금이라도 위험하다 싶으면 큰 소리로

'인터가드'라고 외쳐야 해. 알았지?"

엄마가 걱정스럽다는 듯이 말했어요.

"알았어, 엄마. 꼭 그렇게 할게."

인터가드는 어린이 친구들의 안전을 책임지는 사람들이에요.

"애나이아, 압둘라. 너희도 꼭 그렇게 해야 해. 집에 매일 전화하는 것도 잊지 말고. 알았지?"

"네, 알겠어요."

민서와 애나이아, 압둘라가 활짝 웃으며 신나게 대답했어요.

"차 조심하고 아무나 따라가면 안 돼. 알지?"

"응, 알아."

"새로 사귀는 친구들하고는 사이좋게 지내야 해. 싸우지 말고."

"응, 알았어~"

민서와 애나이아, 압둘라가 엄마의 잔소리에 까르르 웃어요.

"먹고 싶은 것 있으면 브로치에게 말해. 길도 물어보고."

"응, 알았다니까."

민서가 조금 귀찮다는 듯이 대답했어요.

"브로치야, 저녁 8시 전에는 꼭 아이들을 숙소로 안내해 주렴."

"네, 알겠습니다."

브로치가 얌전하게 대답했어요.

"그럼 얘들아, 잘 다녀오렴. 매일매일 전화하는 것 잊지 마~"

민서와 애나이아, 압둘라는 동물 친구들을 데리고 학교에서 나왔어요. 공주가 신이 나서 멍멍 짖어요. 애나이아의 동물 친구는 이구아나, 압둘라의 동물 친구는 햄스터예요.

"우리 어디로 갈까?"

민서가 물었어요.

"나는 상상랜드에 가고 싶어."

애나이아가 대답했어요. 상상랜드는 놀이공원과 워터파크, 아이스링크가 같이 있는, 놀랄 만큼 재미있는 곳이에요.

"나도 가고 싶어."

압둘라가 대답했어요.

"어떻게 가지? 여기서 멀까? 뭘 타고 가지?"

민서가 물었어요.

"나는 기차를 타고 싶어."

압둘라가 대답했어요.

"나는 스케이트를 타고 싶어."

애나이아의 눈이 반짝반짝 빛나요.

"우리 브로치에게 물어보자."

민서가 말했어요.

"브로치야, 브로치야. 우리는 상상랜드에 가고 싶어. 기차를 타고 가고 싶어. 길을 알려 줘."

"네, 알겠습니다. 저를 따라오세요."

브로치가 예의 바르게 대답해요.

민서와 애나이아, 압둘라는 킥보드를 타고 씽씽 달려서 기차역에 도착했어요.

"출발까지 5분밖에 남지 않았어요. 서둘러야 해요."

브로치가 재촉해요. 민서와 애나이아, 압둘라는 아기 토끼처럼 깡총깡총 뛰어서 기차에 탔어요. 기차에 타자마자, 칙칙폭폭 기차가 출발해요. 흔들흔들 움직이는 기차 안에서 민서와 애나이아, 압둘라는 브로치가 알려 주는 대로 뒤뚱뒤뚱 걸어요.

자리에 앉으니 창밖으로 나무들이 쉭쉭 지나가요. 공주도 창밖을 보고 폴짝폴짝 뛰어요. 공주가 폴짝폴짝 뛸 때마다 전기가 생겨요. 민서는 브로치를 충전기 위에 놓아요.

"내릴 때 알려줘."

민서가 브로치에게 부탁해요.

"네, 알겠어요."

브로치가 대답해요. 애나이아와 압둘라는 이구아나와 햄스터를 바닥에 내려놓아요. 압둘라가 햄스터에게 밤을 주었어요. 햄스터가 냠냠 맛있게 먹어요. 밤을 다 먹은 햄스터가 옆에 있는 작은 쳇바퀴로 뛰어가서 신나게 쳇바퀴를 돌려요. 햄스터가 쳇바퀴를 돌릴 때마다 전기가 생겨요. 이구아나가 햄스터를 마구마구 응원해요.

"배고파."

압둘라의 배에서 꼬르륵 소리가 나요.

"나도 배고파."

애나이아가 말했어요.

"우리 무얼 먹을까?"

민서가 물었어요.

"브로치야, 이 기차에서는 무얼 먹을 수 있어?"

애나이아가 물었어요.

"애피타이저로 쿠타브를 먹고 수쿠티를 난에 싸서 하시와 함께 먹으면 어때요? 쉐케르부라를 디저트로 먹고요."

"난이 참 맛있겠다."

애나이아가 침을 꼴깍 삼켰어요.

"그게 뭐야?"

민서가 물었어요.

"수쿠티는 고기를 볶은 거야. 정말 맛있어."

애나이아가 민서에게 말했어요.

"난 안에 엄청 맛있는 게 들어 있는 게 쿠타브야."

압둘라가 말했어요.

"하시는 죽과 비슷한 고기 수프고, 쉐케르부라는 만두처럼 생긴 빵이에요."

브로치가 대답했어요.

"맛있겠다. 얼른 먹자."

민서도 갑자기 배가 고파졌어요.

서빙 로봇이 브로치가 주문한 맛있는 음식들을 가져다주었어요. 민서와 애나이아, 그리고 압둘라가 냠냠 맛있게 먹어요. 공주와 이구아나, 햄스터에게도 나누어 주었어요. 민서의 입에도, 공주의 털에도, 애나이아의 옷에도, 압둘라의 머리에도 음식이 잔뜩 묻어 있어요. 민서와 애나이아, 압둘라가 서로를 보며 깔깔 웃어요. 공주는 깡총깡총 뛰어요.

"너무너무 배부르다."

압둘라가 자기 배를 두드려요.

"우리 이제 뭐 하고 놀까?"

애나이아가 물었어요.

"우리 춤추자."

민서가 신이 나서 대답했어요.

"강강술래도 하고 포크 댄스도 추자."

민서가 활짝 웃어요.

"민서는 춤추는 걸 참 좋아해."

애나이아가 민서 손을 잡고 깡총깡총 뛰었어요.

"브로치야, 노래를 틀어 줘. 춤을 출 거야."

민서가 말했어요.

"네, 알겠어요."

민서와 애나이아, 그리고 압둘라가 폴짝폴짝 뛰면서 춤을 추어요. 창밖으로 하늘도 구름도 빨개졌어요. 천장에 있는 등이 하얘졌어요. 민서와 애나이아, 압둘라는 오늘도 신나게 놀았어요.

민서와 애나이아, 그리고 압둘라가 상상랜드에서 신나게 놀아요. 재미있는 게 너무너무 많아요.

"엄마에게 전화가 왔어요."

브로치가 알려 주어요.

"엄마~!"

민서가 반갑게 외쳤어요.

"민서야~ 잘 놀고 있니?"

"응, 너무 재미있어."

"애나이아와 압둘라도 안녕!"

"안녕하세요!"

애나이아와 압둘라가 반갑게 손을 흔들어요.

"50m 앞에 있는 전자랜드에 가면 엄마 얼굴을 볼 수 있어요."

브로치가 알려 줬어요. 민서와 애나이아, 그리고 압둘라가 신나게 달려가요.

"엄마~ 나 보여?"

전자랜드 안의 TV에서 엄마의 얼굴이 나와요.

"민서야, 조금만 뒤로 가 보겠니?"

전자랜드 안의 CCTV 앞에 있으면 엄마가 민서의 얼굴을 볼 수 있어요. 애나이아와 압둘라도 민서 엄마의 모습을 보며 까르르 웃어요.

"다들 재미있어 보이는구나."

엄마가 웃었어요.

"너무너무 재미있어. 회전목마도 타고 범퍼카도 타고 스케이트도 탈 거야."

민서가 말했어요.

"워터파크에도 갈 거예요."

압둘라도 신나게 말했어요.

"정말 재밌겠다. 점심은 먹었니? 어제 잠은 잘 잤어? 필요한 게 있으면 브로치에게 얘기하고 또 전화하자~"

"응, 알았어~ 안녕~"

민서와 애나이아, 그리고 압둘라는 워터파크에 왔어요. 워터파크에서 수영복과 튜브를 빌려요. 민서는 펭귄 튜브, 애나이아는 돌고래 튜브, 압둘라는 악어 튜브를 빌렸어요. 튜브와 함께 워터 슬라이드를 타고 슈웅 내려갔어요. 물보라가 민서의 얼굴에 튀었어요. 무지개가 반짝반짝 빛나요. 하늘과 구름이 다시 빨개지고 있어요. 계속 놀고 싶지만 이제 돌아갈 시간이에요.

민서와 애나이아, 그리고 압둘라는 택시를 타고 호텔로 돌아왔어요. 다른 동물 친구들과 함께 놀고 있던 공주와 이구아나, 그리고 햄스터가 민서와 애나이아, 그리고 압둘라를 기다렸다는 듯 멍멍 짖으며 깡총깡총 뛰어요. 친구들과 함께 옷을 고르러 가요. 내일은 민서와 애나이아, 그리고 압둘라 모두 라프라스 판초를 입고 어피치 운동화를 신을 거예요. 가게 입구에서 친절한 할머니가 옷의 라벨을 찍어요. 내일 다른 호텔에서 다른 옷을 빌리면 이 옷은 라벨을 따라서 이 호텔로 돌아와요.

오늘은 바다에 갈 거예요. 공주와 이구아나, 햄스터도 함께 가요. 자전거를 타고 가요. 민서와 애나이아, 그리고 압둘라는 동물 친구들을 자전거 앞 바구니에 넣고 힘차게 페달을 밟았어요. 페달을 밟을 때마다 전기가 생겨요. 바구니 옆 비상벨에 달린 바람개비도 빙글빙글 돌아요. 바람이 불어서 무척 시원해요.

바다에 도착했어요. 민서와 애나이아, 그리고 압둘라는 신나게 바다로 뛰어가요.

"나를 잘 따라와."

민서가 뒤쫓아오는 친구들을 돌아보며 말했어요. 그런데 민서가 갑자기 무언가에 '쿵'하고 부딪혀 넘어지고 말았어요. 위를 올려다보니 무서운 아저씨가 민서를 내려다보고 있어요. 민서는 겁이 나서 "인터가드, 도와주세요."하고 소리를 질렀어요. 애나이아와 압둘라는 그만 울음을 터트리면서 민서 옆에 주저앉았어요. 민서와 애나이아, 그리고 압둘라는 서로 손을 꼭 잡았어요. 공주가 무서운 아저씨에게 이빨을 드러내고 으르렁대요. 민서는 멍멍 짖는 공주를 꼬옥 안았어요.

"얘들아, 무슨 일이니? 내가 도와줄게."

민서와 애나이아, 압둘라가 한참 울다가 소리가 나는 쪽으로 고개를 돌렸어요. 인터가드가 도착했어요.

"앗, 사장님."

인터가드가 민서와 애나이아, 그리고 압둘라를 달랬어요. 그리고 무서운 아저씨를 보더니 이렇게 말했어요. 무서운 아저씨는 아무 말 없이 계속 우울한 얼굴을 하고 있어요. 공주는 계속 멍멍 짖어요.

"얘들아, 괜찮아. 나쁜 사람이 아니야. 이 아저씨가 뚱뚱하고 험악하게 생겼지만 알고 보면 착한 사람이야. 우리 사장님이야. 사장님, 여기서 뭐 하세요? 좀 웃으세요. 아이들이 무서워서 울고 있잖아요."

인터가드가 말했어요.

"내가 지금 너무 슬퍼."

무서운 아저씨가 우울하게 말했어요.

"왜 슬퍼요?"

애나이아가 아직도 엉엉 울면서도 콧물을 닦아내며 물었어요.

"사람들이 나를 싫어해."

무서운 아저씨가 대답했어요.

"사람들이 왜 싫어해요?"

압둘라가 다시 물었어요.

"내가 물속에서 나오는 폭탄을 만들었거든."

무서운 아저씨가 대답했어요.

"왜 만들었어요? 폭탄은 나쁜 거예요."

민서가 꾸짖었어요.

"사람들이 내가 나쁜 짓도 안 했는데 자꾸 미워해서 내가 힘이 센 사람이란 걸 보여 주려고 만들었어."

무서운 아저씨가 힘없이 말했어요.

"그래도 나빠요. 폭탄은 사람들을 다치게 하니까요."

애나이아가 무서운 아저씨를 혼내 주고 있어요.

"그런데 폭탄에서 기름이 새서 바다가 까맣게 되었어. 그랬더니 사람들이 나를 막 노려봐."

무서운 아저씨는 금방이라도 울 것 같은 얼굴이 되었어요.

"아저씨가 나쁜 거예요. 바다는 깨끗해야 한다고 엄마가 그랬어요."

압둘라도 무서운 아저씨를 혼내 주고 있어요.

"너무 슬퍼."

무서운 아저씨가 계속 우울해 보여요.

"사장님, 전 이만 가 볼게요. 얘들아, 그래도 괜찮지?"

아이들이 고개를 끄덕이자, 인터가드가 아이들에게 손을 흔들어요.

"잘 가요. 안녕~"

민서와 애나이아, 그리고 압둘라도 인터가드에게 손을 흔들어요.

"아저씨, 힘내요."

애나이아가 무서운 아저씨의 손을 잡아 주었어요. 압둘라도 무서운 아저씨의 소매를 잡고 살살 흔들었어요.

"그래서 어떻게 됐어요?"

민서가 물었어요.

"사람들이 많이 와서 같이 치웠어."

무서운 아저씨가 대답했어요.

"그럼 이제 같이 놀아요~"

압둘라가 신나게 말했어요.

"우리 통통배를 타고 놀아요~"

애나이아가 통통 뛰었어요.

"빨리 가요, 빨리."

민서가 재촉해요.

민서와 애나이아, 압둘라 그리고 무서운 아저씨가 바다가 하늘과 만나는 곳으로 통통배를 타고 가요.

"아저씨, 빨리요, 빨리. 하늘을 만져볼 거예요."

압둘라가 재촉해요. 노를 젓는 아저씨의 이마에 구슬땀이 흘러요. 신이 나서 바닷물에 손을 담근 민서와 애나이아 그리고 압둘라의 주변에 물보라가 튀어요. 공주도 신이 나서 멍멍 짖으며 깡총깡총 뛰어요. 민서와 애나이아 그리고 압둘라는 오늘 하루도 신나게 놀았어요.

민서와 애나이아, 그리고 압둘라는 인라인스케이트를 타고 버스 정류장에 도착했어요. 민서는 분홍색, 애나이아는 빨간색, 압둘라는 하얀색 스케이트를 탔어요. 무서운 아저씨가 말해 준 곳으로 놀러 갈 거예요.

"거기는 사막이라고 했어."

민서가 말했어요.

"사막에서는 물이 꼭 필요해."

애나이아가 말했어요.

"그럼 물을 사 가야 해."

압둘라가 말했어요.

"얼른 물을 사러 가자."

민서가 말했어요. 민서와 애나이아 그리고 압둘라가 물을 사서
나오자 옆 가게에서 반짝반짝 예쁜 것들이 보였어요. 공주도 혀를
내밀고 꼬리를 흔들어요.

"아저씨, 이게 뭐예요?"

압둘라가 가게 주인아저씨에게 물었어요.

"응, 이건 다 쓴 유리병과 알루미늄 캔으로 만든 예쁜 핀이랑 반
지, 팔찌, 목걸이야. 너도 예쁜 브로치를 하고 있구나?"

아저씨가 민서의 브로치를 보고 말했어요.

"이 브로치는 똑똑해요. 내가 궁금한 건 다 알려 줘요."

민서가 브로치를 칭찬해요.

"그래? 그럼 들어와서 한 번 구경해 보렴."

민서와 애나이아, 그리고 압둘라는 예쁜 악세사리들을 잔뜩 보았어요.

"나는 이게 제일 예뻐."

애나이아는 작은 빈디를 골라서 이마에 붙였어요.

"나는 이 팔찌가 제일 좋아."

압둘라는 새가 장식된 팔찌를 집었어요. 새의 날개는 아주 커다랬어요.

"나는 이 머리핀을 할 거야. 그리고 이 목걸이를 엄마에게 보낼 거야."

민서가 자개 모양의 지구가 붙어 있는 머리핀과 하트 목걸이를 골랐어요.

"이거 두 개를 살 거예요. 목걸이는 엄마에게 보낼 거예요."

아저씨가 값을 말하자 브로치가 값을 치러요. 민서가 아저씨에게 집 주소를 알려 주자 아저씨는 목걸이를 포장하고 라벨을 붙여 주었어요.

"이 앞에 있는 우체통에 넣으렴. 다른 것도 사서 같이 넣으면 한꺼번에 보내줄 거야."

아저씨가 친절하게 말했어요.

"고마워요, 아저씨~"

"엄마에게 전화가 왔어요."

브로치가 알려 주었어요.

"엄마~ 나는 지금~"

"민서야, 도대체 뭘 그렇게 많이 산 거니?"

민서가 반갑게 인사하려는 순간, 엄마가 화를 내요.

"민서야, 갑자기 뭘 이렇게 많이 산 거니? 저기 앞에 공중전화 박스에서 엄마 좀 봐."

민서와 애나이아, 그리고 압둘라가 공중전화 박스로 갔어요. 안에 있는 모니터에서 엄마의 얼굴이 나와요.

"도대체 너희들 뭘 이렇게 많이 산 거니?"

모니터 속의 엄마는 마치 입에서 불을 뿜는 용 같아요. 엄마의 입에서 화산이 폭발하는 것 같아요.

"아줌마가 아이스크림이랑 콜라를 같이 먹은 것처럼 폭발하고 있어."

압둘라가 애나이아에게 이렇게 말하자, 엄마가 무서운 얼굴로 압둘라를 보았어요. 애나이아와 압둘라가 눈을 피해요. 공주도 엄마의 눈치를 보아요.

"브로치야, 민서가 필요 없는 걸 사면 말려야 해."

엄마가 브로치에게도 화를 내요.

"죄송합니다. 저는 민서에게 필요한 것과 필요하지 않은 것을 구분하지 못해요."

브로치가 얌전하게 대답했어요.

"너, 그런 무책임한 말이 어디 있니?"

"······."

엄마가 펄펄 화를 내지만 브로치는 아무 말도 하지 않아요. 똑똑한 브로치도 엄마가 화를 낼 때 뭐라고 말해야 할지 모르는 것 같아요.

민서와 애나이아, 그리고 압둘라는 가이드 아줌마와 함께 무서운 아저씨가 알려 준 사막에 도착했어요. 아줌마는 아줌마의 몸만큼이나 커다란 배낭을 짊어지고 있어요. 그리고 민서와 애나이아, 압둘라에게도 짐을 조금씩 나누어 주었어요. 엄마에게도 전화해 주었어요. 엄마는 아직도 화가 나 있는 것 같았지만 가이드 아줌마에게는 화내지 않고 상냥했어요.

"사막에서는 뭘 하고 놀아요?"

애나이아가 아줌마에게 물었어요.

"우리는 사막에서 별을 볼 거야."

아줌마가 이렇게 말하면서 공주를 쓰다듬어 주었어요. 공주도 아줌마를 참 좋아해요.

"별은 집에서도 많이 봤어요."

압둘라가 말했어요.

"집에서는 밤에도 밝아서 별이 잘 안 보이지만 사막은 밤에 어두워서 별이 아주 잘 보인단다. 가만히 누워 있으면 별들이 쏟아지는 것 같아."

아줌마가 말했어요.

"아줌마는 별을 좋아해요?"

민서가 물었어요.

"응, 좋아해."

아줌마가 대답했어요.

"별 보는 것 말고 또 뭐 하고 놀아요?"

압둘라가 물었어요.

"사막에 사는 사람들하고 놀 수도 있지."

가이드 아줌마가 말했어요.

"우리 계속 걸어가요? 너무 힘들어요."

애나이아가 말했어요.

"맞아요. 다리가 아파요."

압둘라가 말했어요.

"아니, 조금 있다가 우리 넷이 탈 수 있는 작은 비행기를 빌릴 거야."

가이드 아줌마가 말했어요.

"우와~ 재밌겠다."

민서가 말했어요. 공주도 민서를 보고 덩달아 멍멍 짖어요.

"새처럼 하늘을 씽씽 날 거예요."

애나이아가 외쳤어요.

"구름을 만져볼 거예요."

압둘라가 맞장구를 쳐요.

"얼른 가자, 얘들아."

가이드 아줌마가 재촉했어요.

비행기를 빌려주는 곳에 도착했어요.

"아줌마, 이게 뭐예요?"

압둘라가 비행기의 옆구리에 꽂혀 있는 긴 호스를 바라보며 물었어요.

"비행기에게 밥을 주는 거야."

아줌마가 대답했어요.

"이게 우리 비행기예요?"

애나이아가 물었어요.

"응, 맞아."

아줌마가 호스를 떼어내고 포트 위에 우산처럼 씌워진 뚜껑을
아래로 찰칵 내렸어요.

"비가 와도 괜찮아. 뚜껑이 위에 있으니까."

아줌마가 말했어요. 민서와 애나이아, 그리고 압둘라는 민서 엄
마가 개발하는 호흡법만큼이나 비행기의 뚜껑에 관심이 없어요.

"우리 얼른 비행기를 타요~"

애나이아가 재촉해요.

"그래, 다들 이 비행복을 입고 헬멧과 고글을 쓰도록 해."

민서와 애나이아, 그리고 압둘라가 모두 뽀롱뽀롱 뽀로로가 된
것 같아요. 그리고 다들 아줌마를 따라 자리에 앉았어요.

"이제 우리가 하늘을 날 수 있게 너희들이 아줌마를 도와주어야
해."

아줌마가 말했어요.

"어떻게요?"

"뭘 하면 돼요?"

민서와 애나이아, 그리고 압둘라가 참새처럼 **쩍쩍**거렸어요.

"이제 아줌마가 비행기를 운전하면 저기 위에 보이는 프로펠러
가 싱싱 돌아가고 비행기가 빨리 달릴 거야."

민서와 애나이아, 그리고 압둘라가 눈을 반짝반짝 빛내면서 아
줌마를 쳐다봐요.

"그리고 비행기가 하늘을 날기 시작할 때 아줌마가 '지금이야!'
라고 말하면 민서는 저기 있는 펌프를 열심히 돌려서 공기를 빼.
그러면 비행기가 훨씬 가벼워져. 그리고 아줌마가 신호하면 애나
이아와 압둘라는 저기 있는 녹색 단추를 눌러. 그러면 낙하산이 펴
지면서 비행기가 둥둥 뜰 거야. 할 수 있겠니?"

아줌마가 물었어요.

"네~!"

민서와 애나이아, 그리고 압둘라가 큰 소리로 신나게 대답해요.

"자, 이제 간다~! 출발~!"

"와~!"

비행기가 움직이기 시작하자 민서와 애나이아, 그리고 압둘라가 소리를 질러요.

"비행기 재밌다~!"

민서가 말했어요.

"지금이야~!"

아줌마가 외쳤어요. 그리고 나서 아줌마의 신호에 맞춰 애나이아와 압둘라가 녹색 버튼을 누르자 앞뒤, 좌우 여러 곳에서 크고 작은 낙하산들이 잔뜩 펴졌어요.

"우와~!"

민서와 애나이아, 그리고 압둘라의 눈이 휘둥그레졌어요. 민서는 힘이 들지만 열심히 펌프를 움직였어요. 얼른 비행기가 가벼워져서 친구들과 함께 하늘을 신나게 날면 좋겠어요. 아줌마가 조종석 좌우의 손잡이를 잡아당기자 양쪽에서 새처럼 커다란 날개가 펴졌어요.

"와~!"

민서와 애나이아, 그리고 압둘라가 다시 소리를 질렀어요.

"얘들아, 아줌마가 이제 이 날개를 저어서 새처럼 하늘을 날아갈 거야. 모두 꽉 잡아~! 자, 가자~!"

아줌마가 소리쳤어요.

"나도 아줌마처럼 비행기를 운전하고 싶어요."

애나이아가 말했어요.

"그래? 그러려면 힘이 아주 세야 해. 애나이아는 힘이 세지도록 밥도 잘 먹고 운동도 열심히 할 수 있겠지?"

아줌마가 말했어요.

"네~!"

민서와 애나이아, 그리고 압둘라가 모두 힘차게 대답했어요. 공주도 멍멍 짖으면서 폴짝폴짝 뛰어요.

"자, 이제 내려가 볼까?"

아줌마가 말했어요. 그리고 스위치를 똑딱 누르자 낙하산의 한쪽 줄이 떨어져 나가고 아래의 공기구멍이 열리면서 낙하산이 쏙 빨려 들어갔어요.

"아까 민서가 비행기를 가볍게 하려고 공기를 뺀 데서 낙하산을 빨아들이는 거야."

아줌마가 친절하게 알려 주었지만 애나이아와 압둘라는 관심이 없어요.

"제가 한 거예요~"

민서는 자기가 낙하산을 접은 것 같아 기분이 좋아서 외쳤어요. 아래를 내려다보니 풀이 듬성듬성 난 들판에 염소들이랑 말, 양들이 잔뜩 있어요.

"자, 이제 착륙하니까 꽉 잡아야 해~"

아줌마가 주의를 주었어요.

"네~."

민서와 애나이아, 그리고 압둘라가 신나게 대답했어요.

비행기가 착륙하고 아줌마가 잡고 있던 손잡이를 당겼어요. 그러자 날개가 착, 착, 착 접혔어요. 모두들 비행기에서 내리고 나니, 몇 명의 어른과 아이들이 다가왔어요. 아줌마와 반갑게 인사를 해요. 민서와 애나이아, 압둘라 그리고 다가온 아이들은 몸을 배배 꼬며 서로를 쳐다보고만 있어요.

"얘들아, 서로 인사하렴."

아줌마가 웃으며 말했어요.

"안녕~"

그제야 아이들이 활짝 웃어요. 공주도 신이 나서 멍멍 짖으며 꼬리를 흔들어요.

"아줌마, 사람들이 여기서 캠핑을 하고 있나 봐요."

애나이아가 아줌마에게 말했어요.

"그런 셈이지. 이 사람들이 우리에게 저기 있는 커다란 텐트를 빌려줄 거야. '게르'라고 한단다."

아줌마가 대답했어요.

"우리도 오늘 텐트에서 자는 거예요?"

압둘라가 물었어요.

"응, 그래. 여기 친구들과 말이랑 염소도 보러 가고 재미있는 놀이도 할 거야. 저녁에는 맛있는 것도 먹고 깜깜해지면 별도 볼 거야. 어때? 재미있을 것 같지?"

아줌마가 말했어요.

"네~!"

민서와 애나이아, 그리고 압둘라가 힘차게 대답했어요. 그 모습을 보고 사람들이 미소를 지어요.

"이건 염소고 이건 말이고 이건 양이야."

바투라는 이름을 가진 친구가 말했어요.

"나도 알아."

애나이아가 새침하게 대답했어요. 그런 애나이아를 공주가 눈을 동그랗게 뜨고 바라봐요.

"저건 내 비닐하우스야."

칸이라는 이름을 가진 여자아이가 길이가 어른 키보다 조금 작고 높이가 민서 키만큼 커다란 비닐봉지를 가리키며 말했어요.

"뭐~? 비닐하우스? 그게 뭐야?"

민서가 물었어요.

"이 안에서 식물을 키우는 비닐로 만든 집이야. 우리 집에 내 것도 있어."

압둘라가 민서에게 귀띔해 주었어요.

"압둘라 말이 맞아. 나는 비닐하우스에서 식물을 키워."

칸이 맞장구를 쳤어요.

"나는 콩을 키우는데 너는 무엇을 키워?"

압둘라가 물었어요.

"나는 채소를 키워."

칸이 대답했어요.

"물도 없는데 어떻게 키워?"

민서가 조금 의심스럽다는 듯이 물었어요.

"물이 왜 없어? 안에 수도도 있고 스프링클러도 있어."

바투가 비닐하우스를 가리키며 말했어요.

"뭐~? 물이 없어서 우리는 물을 사 왔는데?"

애나이아도 깜짝 놀랐어요.

"여기에 수도가 있어. 저쪽으로 조금 더 가면 모래만 있는 사막이 있는데 거기는 수도가 없어."

바투가 대답했어요.

"그렇지만 물을 아껴 써야 해."

칸이 말했어요.

"그래서 나는 내 비닐하우스에 물이 못 도망가게 잡아 주는 카펫을 깔았어."

압둘라가 말했어요.

"나도 깔았어. 그리고 스프링클러로 물을 조금씩만 줘."

칸이 말했어요.

"비닐하우스는 약해서 모래바람이 많이 불면 부서지기도 해. 그렇지만 그 위에 철문을 만들어 셔터를 내리면 튼튼해."

칸이 덧붙였어요.

"내 채소들을 보여 줄까?"

칸이 눈을 반짝이며 압둘라에게 물었어요.

"응, 보고 싶어!"

압둘라도 눈을 반짝이며 대답했어요. 그렇지만 민서와 애나이아는 이번에도 엄마의 호흡법만큼이나 관심이 없어요.

"샤가이를 하러 가자."

그런 민서와 애나이아를 보고 바투가 말했어요.

"그게 뭐야?"

민서가 물었어요.

"우리 민속놀이야."

바투가 대답했어요.

"그래~ 놀이를 하러 가자."

애나이아가 말했어요.

"그럼 압둘라는 칸과 비닐하우스를 구경하고 애나이아랑 바투는 나와 놀이하러 가자."

민서가 말했어요.

"좋아~!"

모두 신나게 대답했어요. 칸과 압둘라는 사이좋게 손을 잡고 비닐로 만든 집을 보러 가고, 민서와 애나이아, 그리고 바투는 샤가이를 하러 가요. 오늘 하루도 신날 것 같아요.

"알까기 같은 거구나?"

바투가 가르쳐 주는 샤가이를 보고 민서가 말했어요.

"알까기가 뭐야?"

바투가 물었어요.

"다른 색깔 바둑알을 맞춰서 떨어뜨리는 놀이야."

"이건 말이고, 이건 양이고, 이건 염소고, 이건 낙타야. 같은 모양의 돌끼리 맞히는 놀이야."

바투가 친절하게 설명해요.

"마작 같은 거구나?"

애나이아가 말했어요.

"마작이 뭐야?"

민서가 물었어요.

"같은 모양의 패를 찾는 놀이야."

애나이아가 대답했어요.

"우리 얼른 샤가이를 하고 놀자."

바투가 재촉해요.

"좋아~!"

민서와 애나이아, 그리고 바투가 신나게 손가락으로 돌을 튕겨요.

"너무너무 배가 고파요~!"

민서와 애나이아, 그리고 압둘라와 칸, 바투가 밖에서 한참을 뛰어놀다 어른들이 있는 게르로 들어왔어요.

"그래? 그럼 우리 이제 밥을 먹을까?"

샤타르를 하고 있던 아줌마가 말했어요. 샤타르는 몽골 체스 놀이예요.

"네~!"

아이들이 힘차게 대답했어요.

"우리는 오늘 양고기를 먹을 거야."

아줌마가 말했어요.

"우와~!"

민서와 애나이아, 그리고 압둘라와 칸, 바투가 신이 났어요.

"자, 그럼 나가서 불을 피우자!"

아줌마가 말했어요.

"네~!"

아이들이 큰 소리로 대답했어요.

밥을 다 먹고 불을 끄자 사방이 깜깜해졌어요. 모닥불이 꺼진 자리에 숨어 있던 작은 불꽃이 가끔씩 타닥타닥 소리를 내요. 밥을 먹고 나니 배가 아주 많이 불러요. 누워서 하늘을 올려다보니 별이 아주 많아요. 반짝반짝 밝은 별도 있고, 잘 안 보이는 별도 있어요. 아줌마가 민서와 애나이아, 그리고 압둘라, 칸, 바투에게 재미있는 옛날이야기를 해 주었어요. 그 이야기를 들으면서 반짝반짝 빛나는 별을 봤어요. 하늘에서 별이 폭포처럼 쏟아지는 것 같아요.

"자~ 배도 부르니까 좀 뛰어놀까?"

아줌마가 말했어요.

"네~!"

민서와 애나이아, 그리고 압둘라가 큰 소리로 대답했어요. 아줌마는 비행기 옆에서 자전거를 타요. 민서는 헬멧을 쓰고 인라인스케이트를 탔어요. 민서는 스케이트를 아주 잘 타요. 애나이아와 칸은 헬멧을 쓰고 킥보드를 타고 압둘라와 바투는 매트 위에서 탁구를 해요. 애나이아와 칸은 킥보드를 아주 잘 타요. 압둘라와 바투는 탁구를 아주 잘 쳐요. 공주도 압둘라와 칸 옆에서 멍멍 짖으며 폴짝폴짝 뛰어요. 이구아나도 바쁘게 공주 옆을 왔다 갔다 해요. 햄스터도 신나게 바퀴를 굴려요. 모두 비행기에 밥을 주고 있어요. 민서와 애나이아 그리고 압둘라, 칸, 바투는 오늘도 신나게 놀았어요. 잠이 솔솔 아주 잘 올 것 같아요.

민서와 애나이아, 그리고 압둘라는 아줌마와 재미있는 사막 여행을 마쳤어요. 칸과 바투와 헤어지는 게 아쉽지만 그래도 웃으면서 인사했어요. 그리고 아줌마가 말해 준 종이나라에 가려고 해요.

"섬에는 차를 타고 갈 수도 있고, 배를 타고 갈 수도 있어."

아줌마가 알려 주었어요.

"보르네오섬에는 나라를 잇는 다리가 있어. 아주아주 깊은 바다 위에 놓인 튼튼한 다리야."

아줌마가 이야기했어요. 아줌마는 참 많은 걸 알고 있어요.

"그리고 소금쟁이처럼 생긴 신기한 배가 있단다. 그럼 종이나라에서도 신나게 놀아~"

민서와 애나이아, 그리고 압둘라는 아줌마와 헤어지는 게 무척 섭섭해서 눈물이 나올 것 같았지만 꾹 참았어요.

"아줌마, 안녕~ 우리가 사진 보내 줄게요~"

민서와 애나이아, 그리고 압둘라는 아줌마에게 손을 흔들었어요. 아줌마도 아이들에게 손을 흔들어 주었어요. 공주도 아쉬운 듯이 멍멍 짖어요.

"나는 차를 타고 싶어."

애나이아가 말했어요.

"나는 배를 타고 싶어."

압둘라가 말했어요.

"그럼 어떻게 할까?"

민서가 물었어요.

"그럼 차를 타고 간 다음에 섬에서 배를 타자."

압둘라가 애나이아에게 양보해 주었어요.

"그래, 그러자."

민서가 말했어요.

"압둘라야, 고마워."

애나이아가 압둘라에게 말했어요.

"그럼 빨리 섬으로 가자."

민서와 애나이아, 그리고 압둘라는 나라를 잇는 길고 긴 튼튼한
다리를 건너서 드디어 보르네오섬에 도착했어요. 창밖으로 보이는
바다는 참 넓어서 끝이 보이지 않았어요. 하늘에는 해님도 있고 구
름도 있어요. 바람이 많이 불어서 시원해요.

섬에 도착하니 울창한 숲이 있어요. 이번에는 친절한 가이드 아
저씨가 안내해 주어요. 가이드 아저씨가 엄마에게도 전화해 주었
어요. 엄마는 이제 화내지 않고 친절해요. 사막에는 가게가 없어서

그런가 봐요.

"보르네오섬에는 비가 많이 와. 어제도 비가 많이 내렸어."

가이드 아저씨가 말해 주었어요. 그래서 그런지 노랗고 빨간 꽃에 이슬이 잔뜩 묻어 있어요. 나무에도 하얀 나방 같은 꽃과 밤송이 같은 이끼가 잔뜩 붙어 있어요. 강아지풀 같은 것도 있어요. 징그럽고 무서운 것도 있고 작고 예쁜 것도 있어요. 커다란 꽃잎에 하얀 점이 보석처럼 잔뜩 박혀 있는 식물도 있어요. 분홍색, 빨간색 예쁜 방울꽃과 이슬이 맺힌 노란 꽃이 반갑게 인사하듯 바람에 살랑살랑 흔들려요. 공주도 신기한 듯 멍멍 짖으며 폴짝폴짝 뛰어요.

"이건 고무가 나오는 나무야."

아저씨가 나무의 옆구리를 칼로 베었더니 하얀 물이 나와요.

"이걸로 고무를 만들어. 고무는 민서의 머리 끈 안에도 들어 있어."

아저씨가 말했어요.

"나무가 아플 것 같아요."

애나이아가 말했어요.

"그럴 수도 있겠다."

아저씨가 미안해해요.

"우리 나무에 반창고를 붙여 줘요."

민서가 말했어요.

"그래, 그러도록 하자."

민서와 애나이아, 그리고 압둘라가 아저씨와 함께 고무나무의 옆구리를 치료해 주어요. 나무의 의사 선생님이 된 것 같아 기분이 좋아요.

"곤충을 잡아먹는 식물도 있어."

가이드 아저씨가 끝에 고슴도치같이 가시가 잔뜩 돋아 있는 타코처럼 생긴 식물을 보여 주었어요.

"이건 파리지옥이야."

아저씨가 말해 주었어요. 혹부리 영감님의 혹에 뚜껑이 달려 있는 것 같은 식물도 보여 주었어요.

"이건 네펜테스야."

아저씨가 말했어요.

"이것 말고도 곤충을 잡아먹는 식물이 아주 많아."

아저씨가 알려 주었어요.

"우리 집에도 있어요. 창문하고 문 옆에 벌레를 잡아먹으라고 놓아두었어요."

애나이아가 눈을 반짝이며 말했어요.

"여기가 종이나라야. 보르네오섬에는 종이가 아주 많이 난단다."

가이드 아저씨가 말했어요. 아저씨가 가리키는 곳에는 유리창으로 뒤덮인 커다랗고 투명하고 예쁜 집이 있어요. 라푼젤의 땋은 머리처럼 집의 꼭대기에서부터 바닥까지 늘어진 하얀 기둥이 많이 보여요.

"비가 오면 저기에 있는 하얀 기둥에서 빗물이 흘러 내려와서 아래에 있는 휠을 돌려. 그러면 전기가 나와."

아저씨가 설명해 주었어요. 민서와 애나이아 그리고 압둘라는 이번에도 엄마의 호흡법만큼이나 관심이 없어요.

"빨리 종이나라에 가요~!"

민서와 애나이아 그리고 압둘라가 외쳤어요.

"종이나라는 세상에 있는 많은 것들과 상상 속의 모든 것을 종이로 만들어 놓은 곳이야."

가이드 아저씨는 참 친절해요.

"선전에 있는 '세계지창' 같은 곳인가 봐요."

압둘라가 말했어요.

"두바이에 있는 '레고랜드' 같은 곳인가 봐요."

민서도 덧붙였어요.

"어쨌든 재미있는 곳이야."

아저씨가 말했어요.

"사진을 많이 찍을 거예요."

애나이아가 말했어요.

"브로치야, 사진을 많이 찍어 줘."

민서가 브로치에게 부탁했어요.

"네, 알겠어요."

브로치가 대답해요. 브로치는 종이나라에 있는 CCTV로 아이들
이 즐겁게 노는 동안 민서와 애나이아, 그리고 압둘라의 사진을 많
이 찍어서 엄마와 사막 가이드 아줌마에게도 보내 줄 거예요.

"와~!"

민서와 애나이아, 그리고 압둘라가 종이나라 안을 즐겁게 뛰어
다녀요. 공주도 기분이 좋아서 멍멍 짖으며 꼬리를 흔들어요. 오늘
하루도 신날 것 같아요.

민서와 애나이아, 그리고 압둘라는 가이드 아저씨와 아줌마가
말해 준 배를 타러 왔어요. 민서와 애나이아, 그리고 압둘라는 배

를 여기저기 만져 보아요. 배가 아주 신기하게 생겼어요. 마치 물 위에 떠 있는 소금쟁이 같아요. 아래는 배 모양인데 위에는 아줌마와 탔던 비행기 같은 모양이에요. 배의 사방으로 소금쟁이의 다리 같은 패들이 붙어 있어요. 마치 물 위를 걷는 우주선 같아요.

"이 덮개는 파도가 세게 치거나 비가 올 때 물이 들어오지 않도록 달아 놓은 거야. 그리고 이 패들 바닥은 물을 싫어해서 물 위에 뜰 수 있어. 넓게 퍼져 있기 때문에 파도가 많이 쳐도 뒤집히지 않고 안전해."

아저씨가 친절하게 설명해 주었어요. 민서와 애나이아 그리고 압둘라는 여전히 전혀 관심이 없어요.

"빨리 배를 타고 싶어요~!"

아이들이 신나게 말했어요. 공주가 폴짝폴짝 뛰어요. 오늘 하루도 정말 신날 것 같아요.

민서와 애나이아, 그리고 압둘라는 가이드 아저씨가 알려 준 미술관에 왔어요. 예쁘고 신기한 물건들이 잔뜩 있어요. 오늘도 사진을 많이 찍어서 엄마와 가이드 아줌마에게 보내 줄 거예요. 공주와 이구아나, 그리고 햄스터는 아쉽지만 미술관에 들어올 수 없어서 다른 동물 친구들과 함께 동물 친구 놀이터에 있어요. 공주가 노는 모습도 사진으로 찍어서 엄마에게 보내 줄 거예요. 미술관에는 다른 친구들과 같이 낙서하는 방도 있어요. 오늘 하루도 정말 신날 것 같아요.

민서와 애나이아, 그리고 압둘라가 신나게 미술관을 돌아다니며 구경하다 커다란 방에 도착했어요. 거기에는 그림은 하나도 없고 벽이 점으로 가득 차 있어요. 어떤 아줌마가 혼자서 벽을 손으로 만지고 있어요.

"아줌마, 안녕하세요~!"

민서와 애나이아 그리고 압둘라가 큰 소리로 인사했어요.

"안녕, 애들아."

아줌마가 미소 지어요.

"아줌마는 여기서 뭐 하고 있어요?"

민서는 너무너무 궁금해요.

"아줌마는 여기서 그림을 만지고 있어. 아줌마는 볼 수가 없거든."

아줌마가 말했어요.

"그림을 어떻게 만져요?"

압둘라가 물었어요.

"너희들도 한번 만져 보렴. 여기 있는 이 점들은 집 모양이고, 구름 모양이고, 사람 모양이란다. 아줌마는 태어날 때부터 볼 수가 없어서 이 점들의 모양으로 물건들의 이름을 배웠어."

아줌마가 말했어요. 민서와 애나이아 그리고 압둘라는 점을 손으로 만져보았어요.

"무슨 모양인지 잘 모르겠어요."

민서가 말했어요.

"눈을 감고 만지면 더 잘 보여."

아줌마가 말했어요. 민서와 애나이아 그리고 압둘라는 아줌마가 말해준 대로 눈을 감고 점들을 만져 보았어요. 집 모양인 것 같기도 하고, 구름 모양인 것 같기도 하고, 사람 모양인 것 같기도 한데 잘 모르겠어요. 점 그림을 잘 보려면 아줌마처럼 오랫동안 연습해야 하나 봐요.

민서가 점 그림을 만지고 신나게 놀고 있는데 이상하게도 갑자기 엄마와 학교에 있는 친구들이 너무 보고 싶어졌어요. 로봇 친구 지민이도 보고 싶어요.

"애나이아야, 압둘라야. 이제 집에 가자."

민서가 말했어요.

"그래, 그러자."

애나이아와 압둘라가 큰 소리로 말했어요. 애나이아와 압둘라도 엄마와 학교 친구들이 너무 보고 싶었나 봐요. 정말 신나는 모험이었지만 이제 집에 갈 시간이에요. 이제 엄마랑 공주랑 로봇 친구 지민이랑 신나게 놀 거예요.

개발자들

(Developers)

—

    하늘색 종이 위에 붉은 물감으로 찍은 태양이 잔잔한 강물 위에 떨어진 물방울처럼 서서히 퍼져 나가는 시간, 키탄잘리의 스케이트보드가 아스팔트 위를 춤추듯 덜컹거리고 있었다. 키탄잘리의 발이 바닥을 찰 때마다 스케이트보드의 바퀴가 지하철 안에서 부딪힌 사람들이 '실례합니다'라고 말하듯 아스팔트에 달칵거리는 소리를 내면서 꾸불꾸불 앞으로 나아간다. 탁, 덜컹. 탁, 덜컹. 반복해서 들려 오는 소리가 경쾌하다. 헬멧을 쓴 키탄잘리의 머리도 가볍게 까딱까딱 움직이며 장단을 맞춘다. 키탄잘리의 양쪽으로 줄지어 늘어선 집들의 굴뚝에서는 벌써 벽난로라도 피우는지 장작을 먹고 위로 쏘아 올린 연기가 모락모락 솟아오른다. 한가운데 있는 회색의 아스팔트 차도와 하얀 인도, 그리고 녹색의 잔디 너머로 늘어선 집들이 꼭 일곱 색깔 무지개인 것만 같다.

"다녀왔습니다."

키탄잘리는 겨우살이풀로 동그랗게 말린 월계관으로 장식된 현관문을 열고 들어오며 인사했다. 문 앞에 장식되어 있는 하얀 눈사람도 키탄잘리를 보고 반갑게 인사한다.

"어서 와라."

"어서 와. 그런데 오늘 왜 이렇게 늦었니?"

거실 소파에 나란히 앉아 TV를 보고 있던 키탄잘리의 엄마와 아빠가 키탄잘리를 돌아보며 반갑게 맞아 주었다.

"그럴 일이 있었어요. 씻고 내려와서 말씀드릴게요."

키탄잘리가 대답했다. 엄마와 아빠는 키탄잘리의 어두운 얼굴에 영문을 모르겠다는 표정으로 서로 마주 보았다. 아빠가 말없이 '왜 그러지?'라는 눈빛을 보내자, 엄마가 '모르겠는데?'라는 표정이었다.

"학교에서 무슨 일 있었니?"

포크로 접시 위의 음식들을 깨작이고 있는, 평소와는 다른 키탄잘리를 보며 엄마가 걱정스러운 표정으로 물었다.

"……."

키탄잘리가 말없이 접시 위를 여기저기 휘저어 놓았다.

"당신, 주방에서 티라미수 좀 가져다줄래요?"

엄마가 아빠에게 키탄잘리가 좋아하는 디저트를 가져다 달라고 부탁했다. 아빠는 말없이 티라미수를 가져다 키탄잘리의 앞에 놓아 주었다. 키탄잘리는 그렇게나 좋아하는 티라미수를 앞에 놓고도 한참을 머뭇거렸다.

"학교에서 선생님이 가입하고 싶은 동아리를 선택하라고 하셨는데요…."

"그런데?"

키탄잘리가 입을 열기 무섭게 엄마와 아빠가 동시에 추임새를 넣었다. 그러고는 서로를 겸연쩍게 바라보았다.

"가입하고 싶은 동아리가 없어요."

"그러니? 괜찮아, 얘야. 천천히 찾아보도록 하자."

엄마는 별것 아니라는 듯 안도의 한숨을 내쉬고 키탄잘리의 머리를 쓰다듬으며 다정하게 말했다.

"그게 아니고요, 저는 발명 동아리 활동을 하고 싶거든요."

키탄잘리가 엄마를 바라보며 가볍게 미소 지었다.

"아~ 그러니?"

키탄잘리의 표정이 밝아지는 것을 본 엄마의 표정도 따라서 밝아졌다.

"그래서 선생님께 저는 발명 동아리를 하고 싶다고 말씀드렸거든요?"

키탄잘리가 말했다.

"그런데?"

아빠의 질문이 옆에서 살짝 끼어들어 왔다. 키탄잘리가 그런 아빠의 얼굴을 바라보니 많이 궁금한 듯 눈과 입이 동그래져 있었다.

"그런데 선생님이 학교에는 아직 발명 동아리가 없으니까 정 하고 싶으면 3명 이상의 친구들을 모아 발명 동아리를 새로 만들라고 하셨어요. 그래서 수업이 끝나고 친구들에게 발명 동아리에 들지 않겠냐고 물어봤어요."

키탄잘리가 또박또박 대답했다.

"잘됐구나. 그래서 집에 늦게 온 거니?"

엄마와 아빠가 고개를 위아래로 크게 끄덕이며 물었다.

안심하는 듯한 말투였다.

"아니요."

키탄잘리가 긴 한숨과 함께 대답을 토해 냈다.

"티미에게 부탁했더니 발명은 루저들이나 하는 거라고 했어요. 데비에게 부탁했더니 발명은 너무 지루하다고 그러더라고요. 친구들에게 아무리 부탁해 봐도 다들 재미없는 발명 동아리는 할 생각이 없대요."

키탄잘리가 두 팔을 X자로 포개고 그 위에 푹 엎드리며 실망스러운 말투로 푸념을 늘어놓았다.

"많이 실망했겠구나."

엄마와 아빠가 난처한 얼굴로 서로 바라보았다. 티미는 키탄잘리의 옆집에 사는 키가 아주 큰 학교 농구부 선수이고, 데비는 예쁘장하게 생긴 치어리더 클럽의 단장이자 이웃사촌이다. 학교에서 농구 시합이 있을 때마다 전교생과 지역 신문 기자의 주목을 한 눈에 받는 유망주들이다.

"엄마와 아빠가 다른 방법이 있는지 좀 더 생각해 볼 테니 너무 실망하지 말고 너도 앞으로 어떻게 해야 할지 좀 생각해 보겠니? 그리고 어서 디저트를 먹어 보렴. 아주 달콤하단다. 기분이 좀 나아질 거야."

엄마가 키탄잘리의 옆으로 가서 다정하게 등을 쓰다듬으며 손에 포크를 쥐여 주었다.

"키탄잘리가 많이 실망한 것 같아요. 어쩌면 좋죠? 그리고 당신은 눈 나빠지니까 책은 그만 보고요."

엄마가 침대 옆의 희미한 스탠드 불빛에 기대 책을 읽는 아빠에게 핀잔을 주며 책을 빼앗았다.

"당신은 꼭 나한테만 잔소리하더라. 키탄잘리한테는 그렇게 다정하면서."

아빠가 엄마에게 못마땅한 듯 살짝 눈을 흘겼다.

"딴소리하지 말고 당신 의견을 말해 봐요. 키탄잘리 동아리는 어떻게 하죠? 발명 동아리를 같이 할 아이들이 없으면 다른 동아리라도 해 보라고 할까요?"

엄마가 다시 걱정스럽게 물었다.

"내일 회사에 가서 키탄잘리와 같은 학교에 다니는 아이를 가진 학부모가 있는지 한 번 알아봐야겠어요. 그 아이들은 발명에 관심이 있을지도 모르잖아요. 당신도 출근해서 한번 알아봐요."

아빠가 한참을 곰곰이 생각하다가 엄마에게 제안했다.

"알았어요. 잘됐으면 좋겠네요."

다른 뾰족한 수가 생각나지 않은 엄마가 아빠의 의견에 동의했다.

"알았어요. 그리고 잔소리 그만 좀 하라니까."

아빠가 장난스럽게 엄마의 손에서 책을 빼앗아 들었다.

"자, 그럼 우리는 서로를 잘 모르니까 자기소개를 해 볼까?"

키탄잘리가 목청을 한 번 가다듬고 물었다.

"그래. 그런데 뭘 얘기해야 하지?"

테가 없는 동그란 안경을 쓰고 두 뺨에 작은 연못처럼 팬 예쁜 보조개를 가진 예니가 되물었다. 예니는 키탄잘리가 어릴 때 봤던 만화에 나오는 똘똘이 스머프를 많이 닮았다. 똘똘이 스머프만큼이나 똑똑하다면 발명 동아리의 기둥이 될 수 있을 거라는 생각에 키탄잘리의 기대감이 한껏 부풀어 올랐다.

"이름하고 너희들이 좋아하는 것들, 그리고 발명 동아리에 들어온 이유를 말하면 되지 않을까?"

키탄잘리가 텅 빈 교실 안에 띄엄띄엄 앉아 있는 친구들을 바라보며 말했다.

"내 소개를 먼저 할게. 안녕, 내 이름은 키탄잘리야, 키탄잘리 라오. 친구들은 키트라고 부르기도 해. 나는 스케이트보드를 타는 것과 눈을 감고 가만히 상상하는 것을 좋아해. 너희들은 어떠니? 나는 내가 상상하는 것을 만들어 보고 싶어서 발명 동아리를 만들었어. 너희들 모두 만나서 반가워."

키탄잘리가 씩씩하게 말했다. 그리고 예니 쪽으로 눈을 돌렸다.

"안녕. 내 이름은 예니야. 예니 앱스타인. 우리 엄마는 키탄잘리의 아빠와 같은 회사에 다니시는데 얼마 전에 내게 키탄잘리가 발명 동아리를 만들려고 한다고 말씀해 주셨어. 그래서 3명 이상의 친구들이 필요하다고. 엄마는 나에게 첫째, 너는 수학과 과학을 매우 잘하고 둘째, 발명은 수학과 과학을 잘하면 굉장히 유리하고 셋째, 너도 동아리 활동을 해야 하는데 좋아하는 취미가 없고 넷째, 동아리를 만드는 데 3명 이상의 팀원이 필요하니 네가 그중 한 명이 될 수 있을 것 같고 다섯째, 네가 동아리 활동을 해서 친구들과 함께 지내는 시간이 많아지면 엄마가 엄마 일에 집중하는 데에도 도움이 될 것 같다고 하셨어. 그래서 여기 오게 됐어. 만나서 반가워, 앞으로 친하게 지내자."

예니가 두껍고 동그란 안경을 살짝 올리며 수줍게 말했다. 자기소개를 하는 예니의 보조개 위에 동그란 핑크색 달이 두 개 떠올랐다.

"안녕! 내 이름은 라이언이야. 나는 책 읽는 것과 프로그램 만드는 걸 아주 좋아해. 내가 프로그램 만드는 걸 좋아하는 줄 아는 엄마, 아빠가 발명 동아리에 가입하는 게 어떻겠냐고 하셨어. 프로그램 만드는 것도 일종의 발명이라면서. 나는 대찬성이야. 과학하고 발명은 아주 쿨하거든. 너희들을 만나게 돼서 아주 반가워."

어깨까지 내려오는 꼬불거리는 곱슬머리가 사자의 갈기처럼 이름과 아주 잘 어울리는 라이언이 시원해 보이는 헐렁한 티셔츠만큼이나 쿨하게 말했다. 라이언의 아빠는 키탄잘리의 엄마와 같은 회사에 다닌다. 라이언은 한 문장을 끝낼 때마다 뭔가에 깜짝 놀라기라도 하듯 항상 눈과 입이 동그래지는 버릇이 있다.

"안녕, 반가워. 내 이름은 티모시야. 팀이라고 불러. 나는 키탄잘리가 붙여 놓은 발명 동아리에 가입하라는 광고를 보고 왔어. 나는 평소에도 과학과 발명에 아주 관심이 많아. 우리 형이 발명 대회 챔피언이거든. 우리 형은 아주 멋져."

갸름한 얼굴에 동그란 안경을 쓴 팀이 눈을 반짝이며 말했다. 조용했던 목소리가 형에 대해 말할 때는 크레셴도로 점점 커졌다.

"나는 아인슈타인과 스티브 잡스, 그리고 아이스하키를 아주 좋아해."

팀의 눈이 다시 반짝였다.

학교의 과학실이 발명 동아리의 아지트가 되었다. 과학실 안에는 물, 공기, 질소가 나오는 세 개의 밸브와 싱크대가 하나씩 갖춰진 실험대가 바둑판 위의 바둑돌처럼 줄을 맞추어 놓여 있었다. 키탄잘리와 예니, 그리고 팀과 라이언은 실험대 둘레에 놓인 의자에 걸터앉았다. 등받이는 없지만 두 줄의 가느다란 연결선이 가로로 이어져 있는 긴 삼각대 형태의 다리가 아이들을 튼튼하게 받쳐 주었다.

"이거 봐봐, 우리 형이 발명 대회 나가서 받아 온 트로피야."

팀이 바람에 이리저리 흔들리는 버드나무 가지처럼 한쪽 다리를 살랑살랑 흔들며 실험대 위에 놓은 긴 트로피를 가리켰다.

"오~! 멋진데?"

라이언이 습관대로 휘파람이라도 부는 것처럼 입을 동그랗게 오므리며 트로피 쪽으로 손을 뻗었다. 그러자 팀이 라이언의 손을 툭 쳐서 밀어냈다.

"미안. 하지만 안 돼, 만지면. 이건 아주 중요한 거야."

팀이 말했다. 아무나 만질 수 없다는 듯했다. 뜻은 무례했지만 팀의 목소리는 반대로 나긋나긋하기만 했다. 라이언이 멋쩍게 머리를 긁적거렸다.

"이게 뭐니?"

예니가 팀의 자랑을 듣지 못한 듯 두껍고 동그란 안경을 코 위로 추켜올리며 물었다.

"우리 형이 발명 대회 나가서 받은 상이야. 우리 형은 정말 대단해."

팀의 목소리에는 자부심이 묻어 나왔다.

"너희 형은 정말 대단하구나. 아주 쿨해."

라이언이 맞장구를 쳤다.

"와, 정말 대단해."

키탄잘리도 감탄했다. 팀은 마치 자기가 발명 대회에 나가서 상을 받아 온 듯 우쭐해졌다.

"그런데 우리 동아리의 계획을 세워야 해. 일주일 후까지 선생님께 제출해야 한대. 그러면 동아리 활동비를 주신다고 했어."

키탄잘리가 화제를 돌렸다.

"정말? 멋진데? 그런데 뭘 하지?"

라이언이 어깨를 으쓱하며 물었다.

"지금부터 의논해 봐야지."

키탄잘리가 대답했다.

"뭘 해야 할지 전혀 모르겠어."

예니가 조그맣게 한숨을 쉬었다. 형의 트로피를 가지고 재잘대던 팀도 입을 다문 채 키탄잘리와 예니, 라이언의 얼굴만 번갈아 가며 보았다.

"그럼 내가 의견을 말해 볼게. 나도 뭘 해야 할지 몰랐는데 팀이 트로피를 가져와서 좋은 생각이 떠올랐어."

키탄잘리가 들뜬 목소리로 말했다.

"그게 뭔데?"

친구들도 눈을 반짝거리며 물었다.

"내가 방금 오는 길에 게시판에서 발명 대회 포스터를 봤거든. 우리도 대회에 나가서 팀의 형처럼 상을 받자."

키탄잘리가 신이 나서 말했다. 아이들은 눈을 동그랗게 뜬 채 서로의 얼굴만 멀뚱히 쳐다보았다.

"그게 말처럼 쉬운 일은 아니야."

팀이 고개를 설레설레 흔들며 초를 쳤다.

"그런데 뭐를 가지고 대회에 나가려고? 우리는 아직 발명한 게 아무것도 없잖아."

예니가 걱정스러워 보이는 얼굴로 물었다.

"내가 어제 엄마, 아빠랑 김을 구웠는데 말이야."

한참 침묵이 흐른 후 키탄잘리는 눈을 반짝이며 한껏 들뜬 목소리로 말했다. 그러고는 잠시 뜸을 들인 후 물었다.

"그런데 너희들 김이 뭔지 아니?"

"응, 알아. 맛있는 과자야, 해초 과자."

예니가 입맛을 다셨다.

"그래? 우리 엄마, 아빠는 맥주를 마실 때 김을 드시던데."

라이언이 말을 이었다.

"맞아, 쌀을 익혀서 다른 재료들과 함께 김에 싸서 먹기도 해. 그것을 김밥이라고 하지. 그런데 김은 원래 기름을 바르고 소금을 약간 뿌려서 구워야 더 맛있거든?"

키탄잘리의 입에 벌써 침이 고이는 듯했다.

"그런데 그게 왜?"

팀이 물었다.

"원래는 페인트 붓 같은 것에 기름을 묻혀서 김에 바르는데, 붓에서 기름이 뚝뚝 떨어지고 다 바르고 나서도 항상 기름이 많이 남아 처치 곤란이야. 그래서 내가 잘 생각해 봤는데, 액체 풀 뚜껑 같은 것을 이용하면 좋을 것 같아. 평소에는 기름이 안 새지만 누르면 기름이 나오는 그런 게 있으면 좋을 것 같다는 생각을 했어. 액체 색소를 담아서 붓처럼 쓸 수도 있고."

키탄잘리가 최대한 자세히 설명하려고 했지만, 친구들은 잘 이해가 되지 않는 눈치였다.

"다음에 더 자세히 알려 줄게. 그리고 다른 것도 생각해 봤는데, 그것은 펌프가 달린 병뚜껑이야. 우리 엄마, 아빠는 1.5ℓ 짜리 페트병에 든 탄산음료나 맥주를 마시는데, 다음에 마실 때 보면 탄산이 빠져서 밋밋하거든? 그런데 페트병의 남은 부분에 공기를 넣어 압력을 더 크게 하면 탄산이 덜 빠져나갈 것 같아. 그래서 펌프가 달린 뚜껑이 있으면 좋을 것 같다고 생각했어."

키탄잘리가 또박또박 설명했다.

"와인병에도 쓸 수 있으면 좋겠다. 우리 아빠는 와인을 참 좋아하시는데 의사가 하루에 반병 이상 마시지 말라고 했대. 그런데 아빠는 와인은 한 번에 다 안 마시면 맛이 변한다고 하면서 엄마가 말리는데도 다 마셔. 그러면 엄마가 화를 내."

예니가 살짝 한숨을 쉬며 맞장구를 쳤다.

"페트병 뚜껑처럼 생긴 스프레이도 좋겠다. 남은 생수병에 비눗물을 담아 유리창 청소도 하고 화분에 물도 주고."

팀이 덧붙였다.

"다들 좋은 의견이네."

키탄잘리가 손뼉을 쳤다.

"안에 들어 있는 액체를 스프레이처럼 뿌릴 수 있으면 토치 같은 것도 만들 수 있겠다. 우리 부모님이 튀김을 만들고 남은 기름을 버릴 때 너무 아깝고 또 싱크대에 함부로 버리면 물이 오염된다고 그러시던데, 버리는 기름을 담아 토치처럼 쓰면 낭비도 적고 오염도 덜 될 것 같아."

라이언도 의견을 보탰다.

"우와, 처음에는 어떻게 해야 할지 몰랐는데 이렇게나 할 게 많아졌네. 머리를 많이 썼더니 배가 고파졌어. 우리 맛있는 걸 먹고 가자."

두어 달의 시간이 날개 달린 신발을 신은 그리스의 신처럼 순식간에 지나가는 동안, 나뭇가지에는 파릇파릇한 새 눈이 돋고 노란

색, 진홍색, 파란색, 붉은색, 다양한 색깔의 꽃들이 피고 졌다. 꽃이 지고 난 자리에는 새싹이 돋아나기도 하고 열매가 생기기도 했다. 주변은 이렇게나 조용한데 학교 안이 발칵 뒤집어졌다. 누군가 학생들의 성적이 보관된 클라우드를 해킹하여 학생들의 성적을 빼내어 간 것이다. 학생들의 성적을 해킹한 그 누군가는 그냥 성적만 가져간 게 아니라 이를 출력해서 학교 안팎의 여러 곳에 붙여 놓기까지 했다. 게다가 여러 인터넷 사이트의 익명 게시판에까지 여기저기 성적을 포스팅해 놓아서 학부모들이 수군거리기 시작했다. 그 일이 발생하기 전까지는 다른 학생의 성적을 알 수 없었던 부모님께 난데없이 잔소리를 잔뜩 들은 학생들도 매우 화가 났다. 특히 데비가 화가 머리끝까지 나서 발명 동아리의 아지트인 과학실까지 키탄잘리를 쫓아와 계속 씩씩거렸다.

"어떻게 이럴 수가 있지?"

"진정해."

예니는 화를 참지 못하는 데비에게 두 손을 들어 진정하라는 신호를 보냈다.

"너희들은 화가 나지 않아?"

데비가 키탄잘리와 예니, 그리고 팀과 라이언을 한 번 쭉 둘러보

앗다.

"난 괜찮아. 난 공부를 되게 잘하거든."

나긋나긋한 팀의 잘난 척에 키탄잘리와 데비, 라이언은 놀라서 입이 다물어지지 않았다. 그리고 팀을 한 번 쳐다보고 데비 쪽을 바라보니 데비는 거의 폭발하기 직전의 표정으로 반쯤 의자에서 일어서 팀에게 달려들 채비를 하고 있었다.

"데비, 그런데 선생님이 뭐라고 하시니?"

데비가 쉬는 시간에 선생님께 항의하러 다녀온 걸 알고 있는 키탄잘리가 데비라는 용암이 팀을 덮치기 전에 화제를 돌렸다.

"선생님 말씀이, 학교에서는 클라우드 업체와 통신사를 교체하는 것을 검토하고 있대."

데비가 퉁명스럽게 말한 후 팀을 향해 콧방귀를 뀌었다.

"그래? 그럼 해결된 건가?"

라이언이 궁금하다는 듯한 표정으로 물었다.

"그걸로 해결되겠어? 바꾼 클라우드 업체와 통신사에서도 또다시 내 성적이 유출되면 어떻게 할 건데?"

데비의 말투는 신경질적이었다.

"난 괜찮아. 난 성적이 아주 좋거든."

팀이 다시 빙글빙글 웃었다.

"나도 성! 적! 이! 나! 쁘! 지! 않! 거! 든?"

데비가 씩씩대며 한 글자씩 또박또박 강조했다.

"그만해, 팀. 데비도 공부 잘해. 사실 너보다 잘해."

키탄잘리가 팀에게 핀잔을 주었다. 팀은 믿을 수 없다는 표정이었다.

"그런데 왜?"

팀이 의아한 듯 물었다.

"부모님이 키탄잘리의 성적하고 자꾸 비교하신단 말이야. 그리고 아무리 성적이 좋고 성적이 공개되는 게 아무렇지 않고 심지어 팀, 너처럼 자랑스럽다고 할지라도 내 동의를 받지 않고 훔쳐서 공개하는 것을 나는 참을 수가 없어!"

데비가 다시 '흥!' 하고 콧방귀를 뀌고는 팀을 흘겨보았다.

"그래서 어떻게 하려고?"

키탄잘리가 물었다.

"클라우드와 통신사 업체에 항의하러 가려고."

아직 분이 풀리지 않은 듯 데비는 퉁명스러운 목소리로 대답했다.

"그런데 너는 여기에는 왜 왔니? 우리랑 같이 가려고?"

이제껏 조용하던 예니가 궁금한 듯 물었다.

"아니."

데비가 짧게 대답했다.

"그럼?"

라이언이 눈을 동그랗게 뜨고 물었다.

"너희들에게 아무도 내 성적을 몰래 들여다볼 수 없는 프로그램을 만들어 달라고 하려고. 라이언, 너는 프로그램 만드는 것도 좋아한다면서? 예니 너는 수학, 과학도 잘하잖아. 키탄잘리한테 다 들었어."

데비는 라이언과 예니를 보고 미소짓고는 팀 쪽을 바라보며 눈을 흘겼다.

"그걸 우리가 만든다고?"

키탄잘리가 놀라서 물었다.

"응. 왜? 안 돼?"

데비는 너희가 그까짓 것을 못 만들 리가 없다는 눈빛으로 키탄잘리와, 예니, 그리고 라이언을 바라보았다. 그리고 다시 한번 팀을 흘겨보았다.

"괜찮을 것 같은데?"

팀은 예상 밖에 이번에는 흥미를 보였다. 데비는 그런 팀을 바라보고 새침한 표정을 지었지만, 아까보다는 조금 누그러진 표정이었다.

"그런데 우리가 어떻게? 관련 지식이 아무것도 없는데?"

예니가 조심스럽게 현실적인 질문을 꺼냈다.

"너희들, 몰라? 발명 동아리잖아. 과학 동아리. 그런 건 과학자들이 하는 거잖아?"

데비는 별소리를 다 한다는 말투로 예니에게 되물었다. 숫제 그런 변명은 하지도 말라는 투였다.

"음~ 데비. 우리는 전산 통신이 어떤 식으로 이루어지는지, 간단한 프로그램을 어떻게 만드는지 과학 시간에 배우기는 했지만, 실제 통신에 어떻게 적용되는지 그런 건 하나도 몰라."

키탄잘리가 난감한 표정으로 차근차근 데비에게 설명했다.

"키탄잘리, 너는 아무 걱정할 것 없어. 내가 전에 시내에 있는 어린이 병원에 농구 시합 응원을 갔었는데 말이야. 그때 병원으로 봉사 활동 왔던 언니가 구글에 다니거든. 그 언니는 참 쿨해. 물어보면 알려 줄지도 몰라. 자, 그럼 나는 이제 볼일 다 봤으니 간다. 그

언니한테 연락해 보고 알려 줄게. 나중에 보자. 안녕.”

데비는 더는 귀찮게 하지 말라는 듯 자리에서 일어섰다. 과학실에 남은 아이들은 데비의 요구가 황당하기 그지없어 서로의 얼굴만 멀뚱히 바라볼 뿐이었다.

“얘들아, 안녕?”

데비가 소개해 준 알리시아는 키탄잘리와 예니, 라이언과 팀을 반갑게 맞아 주었다. 알리시아는 구글 윤리 팀 소속이었다. 아이들은 기린처럼 키가 아주 큰 알리시아를 올려다보느라 목이 아플 지경이었다.

“어서 와. 데비에게 얘기 들었어. 잘 부탁한다, 얘들아. 그런데 데비는 어디 있니? 데비도 같이 오는 줄 알았는데.”

알리시아가 활짝 웃었다.

“데비는 전교생을 이끌고 클라우드 업체와 통신사에 항의하러 갔어요.”

팀이 나긋나긋하게 대답했다.

“그래? 그렇구나. 너희들의 개인 정보 유출에 대해서는 참 안타깝게 생각한단다. 있어서는 안 될 일이지. 내가 대신 사과할게.”

알리시아가 기도라도 하듯이 두 손을 가슴 앞에 모으고 말했다.

"알리시아가 왜요? 알리시아가 저지른 일도 아니고 알리시아의 회사가 잘못한 것도 아닌데?"

팀이 의아한 듯 물었다.

"같은 직종에 있는 사람으로서 이런 사고에 대해 미리 생각하고 대비하지 못했기 때문에 사과하는 거야. 나라도, 우리 회사라도 이런 사고에 대해 해결책을 가지고 있었더라면 너희들이 그런 피해를 당하지 않아도 됐을 텐데."

알리시아가 대답했다. 키탄잘리는 데비의 말대로 알리시아가 쿨한 사람이라는 생각이 들었다.

"그런데 이제 어떻게 하죠? 우리는 클라우드 업체나 통신사에서 실제로 어떤 일을 하는지 아무것도 모르는데요? 데비가 요청한 일을 저희가 할 수 있을지 모르겠어요."

예니가 알리시아에게 물었다.

"이제 우리는 클라우드 업체와 통신사에 방문 신청해서 너희들의 성적이 학교에서부터 어떻게 전송되고 저장되는지 살펴보고, 해킹이 발생한 시간 동안 해당 데이터에 접근한 외부 IP, 이 IP와 주고받은 모든 데이터를 공개해 줄 것을 요청할 거야. 그러면 너희들은 클라우드 업체나 통신사가 실제로 하는 일과 사고가 발생한 경위에 대해 더 잘 알게 될 거야. 너희들이 그것을 확인하고 어쩌면 데비가 말한 대로 개인 정보의 유출을 막을 방법을 생각해낼 수 있을지도 모르지. 나는 클라우드 업체, 통신사와 동종 업종인 다른 회사에서 일하기 때문에 너희들과 같이 가거나 그 데이터를 볼 수는 없단다. 대신 관련 지식이 있는 경찰관이 너희들과 함께 갈 거야."

알리시아가 말했다.

"다시 말하면 이 일을 해결하는 것은 너희들이 되어야 한다는 거야. 내가 할 수 있는 일은 너희들에게 관련 지식을 알려주고, 너희들의 의견을 들은 다음 우리 회사에서도 앞으로 그런 해킹이 발생하지 않도록 보완하는 것뿐이야. 유출 사고를 해결하는 주인공은 내가 아니라 너희들이야."

알리시아가 다시 힘주어 강조했다. 키탄잘리와 예니, 라이언과 팀은 아직은 잘 모르겠다는 표정으로 대답 없이 서로의 얼굴을 쳐다보았다.

"알리시아 말에 따르면 인터넷을 통해 주고받는 데이터의 대부

분은 통신 시간, 보내는 곳의 IP, 받는 곳의 IP, 그리고 이진법으로
된 데이터래."

예니가 안경테를 두 손으로 만지작거리며 말했다. 키탄잘리와
예니, 라이언과 팀이 클라우드 업체를 방문한 뒤 며칠 뒤 다시 과
학실에 모인 참이었다.

"자, 그럼 이제 정리를 해 볼까?"

키탄잘리가 말했다.

"광학식 마크 판독 장치를 사용하는 객관식 시험은 채점된 후에
클라우드 업체의 저장 장치로 성적이 자동 전송돼. 이것은 선생님
들도 나중에 저장 장치의 데이터베이스에 접속하지 않는 이상 알
수 없어."

팀이 나긋나긋한 목소리로 말했다.

"주관식이나 서술형 시험은 담당 선생님이 채점하시지. 그리고
나서 선생님들이 정량적인 점수와 정성적인 서술형 평가 결과를
각각 따로 클라우드로 전송하면 합쳐져서 우리들의 성적이 돼. 이
부분은 클라우드를 해킹하지 않더라도 유출될 가능성이 있어. 가
끔 선생님들끼리 누가 누가 뭘 잘했다, 잘못했다 이러시기도 하잖
아? 아무튼 담임선생님들은 클라우드에 저장된 우리들의 성적을

보시고 학생이 뭐를 얼마큼 잘하고 못하는지를 알게 되지."

라이언이 말했다.

"데이터가 전송된다는 것은 보내는 곳에서 받는 곳으로 특정 포맷을 가진 이진법의 숫자가 전달되는 것을 뜻해. 보내는 사람과 받는 사람 사이에 미리 약속된 규칙을 따르기 때문에 그 규칙을 모르는 사람에게는 그냥 의미 없는 숫자의 나열일 뿐이지만 그 규칙을 아는 사람에게는 유용한 정보가 되는 거지."

키탄잘리가 설명을 이어갔다.

"그렇다면 이렇게 정리할 수 있을 것 같아. 선생님들은 컴퓨터와 같은 전산기기로 서버라고 하는 클라우드의 저장 장치와 정보를 주고받는데, 이러한 정보는 통신사가 제공하는 유무선 인터넷을 통해 전달돼. 그런데 해커와 같은 사람들이 우리들의 성적 같은 개인 정보를 노리고 있어. 그 사람들이 절대! 절대! 우리의 개인 정보를 빼내지 못하게 하는 방법을 찾아야 해."

키탄잘리가 말을 마치고 답이라도 구하는 듯 예니와 라이언, 팀을 번갈아 가며 바라보았다. 다들 아무 말이 없었다.

"나한테 좋은 생각이 있어."

예니가 문득 무언가 떠오르는 듯 의미심장한 미소를 지었다.

"다들 가지 말고 기다려 줄래? 발명 동아리 친구들이 할 얘기가 있대. 선생님들도 잠깐 기다려 주시면 좋겠어요."

학교에서 농구 시합이 있던 날, 데비가 농구 시합이 끝나고 돌아 가려고 하는 전교생과 선생님을 돌려세웠다.

"아! 아!"

키탄잘리는 마이크를 앞에 놓고 잠시 목을 가다듬었다. 다들 키 탄잘리가 무슨 말을 할까 궁금한 표정이었다.

"여러분들도 잘 아시겠지만, 얼마 전에 우리들의 동의 없이 성적 이 유출된 사건이 있었습니다. 그래서 데비를 비롯해 여러분 모두 가 통신사와 클라우드 업체를 방문해 항의 시위를 하기도 했죠."

키탄잘리는 잠시 말을 멈추고 학생들과 선생님을 둘러보았다. 몇몇 학생들은 고개를 끄덕이고 있었고 몇몇은 그저 어리둥절한 표정이었다.

"저희 발명 동아리는 그동안 클라우드 업체와 통신사를 방문하 여 우리들의 성적이 어떻게 저장되고 전달되는지, 그리고 그 과정 에서 유출되지 않으려면 어떤 해결 방법이 있을지 알아보았습니 다. 짧게 얘기하면, 앞으로도 우리의 성적과 같은 데이터가 안전하게 전달되고 보관되기 위해서는 클라우드 업체나 통신사를 바꾸는 것보다, 해커와 같은 사람들이 알아낼 수 없도록 데이터를 전달하는 방법을 고안해 내는 것이 더 효과적이라는 결론을 내렸습니다. 그렇지 않으면 클라우드 업체나 통신사를 바꾸더라도 같은 일이 반복될 수 있으니까요."

"그걸 우리가 어떻게 하나요?"

"맞아. 그건 클라우드 업체나 통신사에서 알아서 해야 할 일 아니야?"

키탄잘리가 말이 끝나기 무섭게 여기저기서 볼멘소리가 들렸다.

"여러분 말도 맞아요. 그렇지만 클라우드 업체나 통신사는 이 문제를 심각하게 생각하지 않고 어떻게 해야 하는지도 모를 뿐만 아니라, 아무런 관심이 없어요. 성적이 유출되면 가장 피해를 보는 것은 그들이 아니라 우리니까요. 우리가 해결해야 해요."

키탄잘리가 잠시 말을 멈추자, 다들 서로의 얼굴을 마주 보며 웅성거렸다.

"여러분이 어떻게 해야 할지 잘 모르겠고 막막해하는 것을 잘 알고 있어요. 우리도 마찬가지니까요. 그래서 여러분이 다른 사람들이 유출하지 못하도록 데이터를 전달하는 방법을 생각해 내기 쉽게 여기 예니가 게임을 하나 생각해 냈으니까, 예니의 말을 잘 들어 보고 결정하도록 해요."

키탄잘리가 옆에 있는 예니를 가리키자, 예니가 키탄잘리의 옆으로 와서 마이크 앞에 섰다.

"게임은 이런 식으로 진행돼요. 1학년 학생들은 컴퓨터와 같은 전산기기 역할을 하고, 2학년 학생들은 통신사 역할을 하게 돼요. 그리고 3학년 학생들은 서버 역을 맡는 거예요. 나머지 우리 발명 동아리 소속 4명은 해커가 돼요."

예니가 두 볼에 핑크색 보름달을 띄우고 옆에 있는 키탄잘리와 라이언, 팀을 가리켰다.

"그래서 선생님이 전달해 주는 데이터를 서로 주고받는 과정에서 우리 해커들이 그 내용을 알아내지 못하게 하는 방법을 생각해 내면 여러분이 이기는 거고, 우리 해커들이 내용을 알아내면 해커가 이기는 거예요."

예니가 주머니에서 메모지와 펜을 하나 꺼내어 학생들에게 보여 주었다.

"선생님이 이 메모지에 메시지를 적으면 이 메모지가 데이터가 되는 거예요. 팀과 라이언이 게임 규칙이 적힌 설명서를 나눠 줄 테니 잘 읽어 보세요."

예니의 말이 끝나자마자, 팀과 라이언이 설명서를 전교생에게 나누어 주었다. 설명서에는 다음과 같은 게임 규칙이 적혀 있었다.

1. 선생님과 1학년 학생(전산기기)들, 3학년 학생(서버)들은 비밀번호를 미리 약속해 둔다.

2. 1학년 학생(전산기기)들은 비밀번호를 말해 주는 사람이나 선생님이 직접 왔을 경우, 그 사람이 말하는 메시지를 메모지에 적어 둔다.

3. 1학년 학생(전산기기)들은 메시지가 적힌 메모지를 2학년 학생(통신사)들을 통해 3학년 학생(서버)들에게 전달한다.

4. 1학년 학생(전산기기)들은 비밀번호를 말해 주는 사람이나 선생님이 직접 왔을 경우 이들에게 메모지에 적힌 메시지를 말해 준다.

5. 3학년 학생(서버)들은 메시지가 적힌 메모지를 2학년 학생(통신사)을 통해 1학년 학생(전산기기)들에게 전달한다.

6. 발명반(해커)은 선생님과 1학년(전산기기), 2학년(통신사), 3학년(서버)들의 대화를 엿듣거나 메모지에 적힌 메시지를 훔쳐볼 수 있다.

"다들 게임 규칙을 잘 읽어 보았나요? 이제 여러분이 할 일은 발명반이 대화를 엿듣지 못하게 하는 방법이나 메모지에 적힌 메시지를 훔치지 못하게 하는 방법, 훔쳐봐도 무슨 내용인지 알 수 없게 하는 방법을 생각하고 논의해 보는 거예요. 이 설명서를 게시판에 붙여 놓을 테니 고안해 낸 방법을 여기 규칙 아래에 적어 주세요. 그러면 키탄잘리가 모아서 정리할 거예요."

예니가 두껍고 동그란 안경을 치켜올리면서 키탄잘리에게 마이크를 넘겨주었다.

"자, 이제 그러면 이 게임을 해 볼지 결정해야 해요."

키탄잘리가 말했다.

"해볼래. 재미있을 것 같아."

"나도."

"해봐서 나쁠 건 없지."

농구장에 모인 누군가 동의 표시를 하자, 여기저기서 호응했다. 키탄잘리가 데비를 바라보니, 데비가 응원할 때 쓰는 수술을 들고 기뻐하며 손뼉을 치고 있었다.

게임의 첫 회가 시작되었다. 예상과는 달리 특별할 게 없을 것 같던 것이 시작하자마자 흡사 미식축구를 방불케 하는 몸싸움으로 번져서 선생님들이 주의를 주는 사태가 벌어졌다. 발단은 이랬다. 돌로레스 선생님이 전산기기인 1학년 에디에게 메시지를 말하려는 것을 팀과 라이언이 들으려고 가까이 가자, 1학년들이 단체로 몰려와서 에디와 돌로레스 선생님을 둘러싸고 팀과 라이언을 밀치는 바람에 팀과 라이언, 그리고 1학년 학생들 몇몇이 바닥을 굴렀다. 다음날 학교에 붕대를 감고 온 학생들이 많이 보이자, 화가 난 교장 선생님이 다시 한번 학생들이 다치는 일이 발생하면 게임을 금지하겠다고 경고했다. 키탄잘리와 발명반은 게임의 규칙 중 2번과 4번을 고쳐 썼다.

> 2. 1학년 학생(전산기기)들은 비밀번호를 말해 주는 사람이나 선생님에게서 메시지가 적힌 메모지를 받는다.
> 4. 1학년 학생(전산기기)들은 비밀번호를 말해 주는 사람이나 선생님에게 메시지가 적힌 메모지를 준다.

게임의 2회가 시작되었다. 제니퍼 선생님이 무언가를 적은 알록

달록한 메모지를 도서관에서 전산기기인 1학년 샬롯에게 건네주면서 게임이 시작되었다. 제니퍼 선생님과 샬롯이 메모지를 2학년 조니에게 건네주자, 조니는 이것을 옥상에 있는 3학년 빈센트에게 건네주기 위해 신발 끈을 고쳐 맸다. 조니가 달리기 시작하자, 대여섯 명의 2학년 학생들이 조니를 에워싸고 다른 2학년 학생들은 키탄잘리와 예니, 팀과 라이언을 교란하기 위해 제각기 다른 방향으로 달렸다. 팀과 라이언은 샬롯 근처에서 지켜보고 있다가 조니가 달리기 시작하자마자, 조니에게서 메모지를 빼앗기 위해 돌진했다. 다른 2학년 학생들이 이런 팀과 라이언을 막기 위해 맹렬히 달려왔고, 팀과 라이언이 요리조리 이들을 피해 조니의 근처에 거의 다다른 순간, 조니 근처에 있던 대여섯 명의 2학년 학생들이 스크럼을 짜고 팀과 라이언을 튕겨 냈다. 그러자 그때를 놓치지 않고 다른 2학년 학생들이 기다렸다는 듯이 팀과 라이언을 들쳐 업고 사라졌고, 조니는 유유히 그 반대 방향으로 빈센트에게 메모지를 전달하기 위해 달렸다.

 팀과 라이언이 실패할 경우를 대비해 빈센트의 근처에서 숨어 있던 키탄잘리와 예니는 저 멀리서 달려오는 조니가 다가올 때까지 서두르지 않고 가만히 지켜보고 있었다. 조니가 충분히 가까워졌다고 판단한 키탄잘리가 신호를 하자 반대편에 있던 예니가 당긴 줄에 조니가 넘어졌고, 그 사이 키탄잘리는 조니의 손에서 메모지를 낚아챘다. 키탄잘리가 메모지를 펼치고, 큰 소리로 읽었다.

"2주일 후에 시험 본다, 얘들아."

키탄잘리가 메시지를 읽자마자, 곳곳에서 비명이 터져 나왔다.

다음 날 아침, 게시판을 확인하니 누군가 설명서에 다음과 같은 규칙을 추가하였다.

> 7. 1학년 학생(전산기기)과 3학년 학생(서버) 외에 제삼자(해커)에게 가는 메모지를 감시하고 막는다.

게임의 3회가 시작되었다. 이번에는 랄프 선생님이 메시지가 적힌 메모지를 1학년 테레사에게 건네주었다.

"선생님, 이건 메모지가 아니고 편지인데요?"

테레사가 봉투를 앞뒤로 뒤집어 보면서 물었다.

"응, 봉투에 넣으면 열어서 읽을 때까지 시간이 더 걸리니까 해커플이 열어 보기 전에 다시 빼앗아 오면 되잖아. 그리고 봉투가 열려 있으면 메시지를 받은 사람이 다른 누군가 메시지를 봤다는 것도 알아챌 수 있고. 그래서 한번 넣어 봤어."

랄프 선생님이 머리를 긁적이며 대답했다.

"그런데 게임이 시작됐는데도 팀과 라이언, 키탄잘리와 예니가 안 보이네?"

테레사와 다른 1, 2학년 학생들이 의심의 눈빛으로 주변을 둘러보았다.

"어째 조용한 게 더 수상한데."

"어쨌든 발명반은 네 명이고 우리는 더 많으니까 걱정할 것 없어. 얼른 그레이스에게 갖다 주자."

2학년 학생인 딜런이 메모지를 들고 달리기 시작했다. 테레사가 있는 도서관과 옥상의 중간쯤 가자, 저쪽에서 팀과 라이언이 다가오는 게 보였다. 이를 본 대여섯 명의 2학년 학생들이 딜런을 둘러싸고 팀과 라이언 쪽을 집중적으로 막는 순간, 반대쪽에서 모습을 드러낸 키탄잘리가 자전거를 타고 지나가면서 딜런의 손에서 메모지가 든 봉투를 낚아채 가 버렸다. 팀과 라이언은 급격히 방향을 틀어 2학년들이 쫓을 수 없게 키탄잘리의 자전거 뒤를 막아 버렸다. 2학년 학생들은 허탈한 표정으로 키탄잘리의 자전거 뒤꽁무니만 바라보았다. 키탄잘리는 자전거를 멈추고 의기양양하게 뒤를 돌아다보았다. 그러고는 봉투를 열어 메모지를 꺼내 읽으려고 했다.

"그건 가짜야. 진짜 메시지는 에이미가 가지고 있지."

키탄잘리가 깜짝 놀라 올려다보니 옥상에서 에이미와 그레이스, 랄프 선생님이 메시지가 든 봉투를 흔들면서 웃고 있었다.

다음 날 아침 게시판에는 다음과 같은 규칙이 추가되어 있었다.

> 8. 진짜 메시지가 어디에 있는지 숨긴다.

"이건 좀 아닌 것 같아."

수업이 끝난 후, 팀이 과학실에 모인 키탄잘리와 예니, 라이언과 데비에게 분하다는 듯 씩씩거리며 말했다.

"팀, 뭐가? 너는 그냥 져서 기분 나쁜 것 아니니?"

데비가 그런 팀을 비꼬았다.

"아니야, 그게 아니야."

팀이 나긋나긋한 말투로 계속 씩씩거렸다.

"팀? 왜? 뭐가 이상한 것 같은데?"

키탄잘리가 물었다.

"우리는 1학년이 3학년에게 보내는 선생님의 메시지를 빼앗으려고 했잖아?"

팀이 키탄잘리에게 되물었다.

"그렇지? 그런데 왜? 그게 뭐 잘못됐어? 얘들아, 이것들은 다 뭐야?"

데비가 팀에게 틱틱거리며 대답하고는 과학실 실험대 위에 잔뜩 쌓여 있는 장치들을 가리키며 물었다.

"데비, 그건 조금 있다가 알려 줄게. 팀, 그런데 그게 왜?"

키탄잘리가 한 손을 들어 데비를 제지하자 팀이 말을 이어갔다.

"만약에 누군가가 특정 인물의 정보를 알아내야겠다는 생각 없이 그냥 아무 메시지나 든 메모지를 빼앗았는데, 거기에 중요한 내용이 적혀 있으면 어떻게 해? 랄프 선생님이 그레이스에게 가져다줬던 메모지를 우리 말고 다른 누군가 그게 중요한 것인지 아닌지 모르고 빼앗아 갔는데 거기에 중요한 내용이 적혀 있으면?"

팀의 말을 듣고는 다들 미심쩍은 표정으로 서로의 얼굴을 바라보았다.

"그래, 그런 경우도 있을 수 있을 것 같아. 그러면 어떻게 하지?"

조용하던 예니가 두껍고 동그란 안경을 추켜올리며 말했다. 걱정 때문인지 예니의 깊게 파인 보조개가 왠지 더 깊어진 것 같았다.

"다음 게임이 시작되기 전에 내가 모두에게 알려 줄게. 그래야 새 규칙을 찾지. 그건 내 전문 분야니까 걱정하지 마."

데비가 콧대 높게 말했다. 별문제 아니라는 듯한 투였다.

"그런데 이것들은 다 뭐냐니까?"

그리고는 실험대 위에 놓인 것들을 가리키며 궁금해서 못 참겠다는 듯이 덧붙였다.

"응, 이건 발명 대회에 출품할 것들을 테스트하고 있는 거야."

라이언이 대답했다.

"그래? 이건 뭐지?"

데비가 실험대 위에 놓인 것들을 하나씩 들었다 낳다 해 보았다.

"이건 탄산수랑 콜라와 사이다, 맥주와 와인을 그냥 보관한 것과 보관 용기 내부에 펌프로 공기를 주입해 압력을 높여 보관한 것의 차이를 알아보려고 실험하고 있는 거야."

예니가 눈을 반짝이며 대답했다.

"엄마와 아빠에게 실험한다고 맥주와 와인을 달라고 했더니 안 믿으셔. 내가 마시려는 줄 아시나 봐. 그래서 키탄잘리네서 가져왔어."

팀이 킥킥 웃었다.

"3일 있다가 어느 쪽의 탄산이 더 많이 빠졌는지, 어느 쪽의 맛이 더 많이 변했는지 마셔 볼 거야."

라이언이 말했다.

"너희들이 마시는 것 맞잖아? 그런데 이건?"

데비가 그 옆에 있는 것을 집어 들었다.

"실험용으로 조금만 맛보는 거야. 그리고 그것은 다 쓴 액체 풀 통인데 여기에 물감과 용매를 섞었어. 붓에 물감을 묻히는 대신 액체 풀 통의 스펀지로 그림을 그려서 가장 적당한 농도가 얼마인지 알아보려고. 이쪽으로 갈수록 물감의 비율이 높아서 더 찐득찐득해."

키탄잘리가 설명했다.

"용매만 들어 있는 튜브나 비어 있는 튜브가 하나 더 있으면 좋겠다. 섞어서 다른 색을 만들게. 그러면 용기 낭비가 적을 것 아니야? 그렇지만 굳이 필요하지는 않을 것 같다. 아무튼 리필은 되면 좋을 것 같아. 그런데 이건 뭐야? 소금 통에 브러시는 왜 붙였니?"

냉정하게 평가한 데비는 옆에 놓인 브러시가 달린 통을 집어 들었다.

"이것은 김을 바삭하게 굽기 전에 김에 기름을 바를 때 쓰는 브러시야. 여기 있는 구멍에서 통 안에 있는 기름이 흘러나오면 그것을 이 브러시로 김에 바르는 거야."

예니가 보조개를 들썩이며 대답했다.

"그런데 구멍이 너무 작으면 기름이 안 나오고 너무 크면 기름이 쏟아져서 적당한 구멍 크기를 찾고 있어. 다 쓴 소금 통들을 모아서 브러시를 붙였지. 그런데 기름이 쏟아져 나와서 골칫거리야."

팀이 덧붙였다.

"그렇구나. 내 아이라이너는 안 쏟아지고 잘 되던데?"

데비는 마치 발명 대회 심사 위원이라도 된 듯 굴었다. 키탄잘리는 마음을 졸이며 데비의 반응을 하나하나 살폈다.

"실험은 했는데 발명 대회에 출품할 완성품을 어디서 만들어야 할지도 모르겠고, 만드는 데 얼마나 걸릴지도 몰라서 조금 걱정이야. 동아리 활동비로 만들 수는 있을까?"

예니가 걱정스러운 표정으로 하소연했다.

"뭐 어떻게 되겠지. 그건 너희들이 알아서 하고, 그럼 나는 간다. 행운을 빌어."

키탄잘리와 예니, 팀과 라이언은 자기가 할 말만 하고 과학실을 나가는 데비를 멍하니 바라보았다.

게임의 4회가 시작되었다. 이번에는 2학년 모두가 각자 메시지가 든 봉투를 하나씩 들고 제각각 혹은 둘씩, 셋씩 짝을 지어 3학년들이 있는 옥상으로 향했다.

"이번에는 2학년들이 모두 메시지를 든 메신저를 보호하는 게 아니라, 각자 자신이 담당한 메시지를 전달했어."

아무것도 하지 않고 앉아서 지켜만 보던 데비가 이마의 땀을 닦는 시늉을 하며 게임이 끝나자, 학생들이 모여들었다. 그동안 학교의 여기저기서 메시지가 든 봉투를 하나씩 빼앗아 열어 본 키탄잘리와 예니, 팀과 라이언이 동시에 외쳤다.

"도대체 뭐라고 쓰여 있는 거야?"

데비는 그럴 줄 알았다는 듯이 비웃으며 키탄잘리와 예니, 팀과 라이언을 불러들였다.

"어디 보자~ 자, 키탄잘리의 메시지는 이렇게 읽어야 해. 여기에 있는 이 마스크가 보이지?"

데비가 모눈종이 중간 중간에 작은 구멍이 뚫려 있는 것 같은 종이를 들어 보였다.

"자, 이렇게 마스크를 메시지가 쓰여 있는 메모지에 크기를 맞춰 대보면 어때? 여기 글자가 보이는 부분에 뭐라고 쓰여 있니?"

데비가 키탄잘리에게 물었다.

"나는 우리가 모두 자랑스러워."

키탄잘리가 큰 소리로 메시지를 읽자 다들 웃었다.

"자, 다음은 예니의 메시지를 볼까?"

"여기요, 데비 선생님."

예니가 메시지가 든 봉투를 데비에게 내밀며 장난스럽게 말했다.

"자, 보자. 이건 베티가 쓴 거네. 잠깐만."

데비가 베티를 불러 무언가를 물어본 후 다시 예니가 가진 메시지를 들여다보았다.

"베티가 그러는데, 이 메시지의 열쇠는 43872이래."

데비는 잠시 숨을 골랐다.

"그게 무슨 뜻인지 지금부터 설명해 줄게. 여기에 쓰여 있는 것은 아무런 뜻도 없어 보이지? 그런데 알파벳의 A부터 Z는 각각 65번부터 90번까지의 아스키코드를 가지고 있어."

데비가 메모지에 쓰여 있는 알파벳의 아스키코드를 다른 메모지에 적었다.

"여기에 열쇠인 43872의 각 자리의 숫자를 더한 숫자, 즉 4+3+8+7+2= 34를 더해서 만들어진 숫자를 한번 적어 볼래?"

예니가 데비의 지시에 따라 메모지의 아래에 숫자를 적었다.

"이제 이 숫자를 알파벳의 개수인 26으로 나누면 몫과 나머지가 나오는데, 나머지를 적어 보겠니?"

예니의 계산이 끝나자 데비가 다시 말했다. 예니는 말없이 다시 메모지에 숫자를 적어 내려가기 시작했다.

"이제 여기에 65를 더하면 나오는 숫자가 진짜 메시지의 아스키코드야. 각각의 숫자를 알파벳으로 바꿔서 읽어 봐."

"이 문제는 작년 전산 시험에 나온 문제였다. 어머, 정말?"

더듬더듬 읽어 내려가던 예니가 깜짝 놀랐다.

"선생님, 제 거에는 뭐라고 쓰여 있나요? 'Wa'라고만 쓰여 있는데."

팀이 비꼬듯이 말하자 데비가 팀을 흘겨보며 팀이 건네는 메시지가 든 봉투를 낚아챘다.

"이건 다른 메시지와 같이 읽어야 해. 메시지 앞에 A1부터 A7까지 쓰여 있는 사람?"

데비가 모여 있는 학생들에게 메모지의 앞에 쓰인 일련번호를 보여 주며 소리쳤다. 라이언을 포함한 몇몇이 메시지가 든 봉투를 데비에게 가져다주었다. 데비가 1번부터 7번까지의 메모지를 차례로 놓아두었더니, 'We won the war'라는 문장이 나타났다.

다음 날 아침, 게시판을 확인하니 설명서에 다음과 같은 규칙이 추가되어 있었다.

9. 메시지를 암호로 작성한다.

"그런데 이건 또 뭐야? 지난번에 본 것과는 좀 다른데?"

데비가 다시 과학실에 모인 키탄잘리와 예니, 팀과 라이언을 향해 말했다. 데비가 실험대 위에 놓인 것들을 들었다 놨다 위아래로 훑어보며 물었다.

"응, 지난번에 봤던 김에 기름을 바르는 브러시를 스프레이로 바꿔 봤어."

키탄잘리가 활짝 미소 지으며 데비의 평가를 기다렸다.

"응, 그렇구나."

데비는 시큰둥하게 몇 가지를 더 만지작거리다 키탄잘리와 예니, 팀과 라이언 쪽으로 몸을 홱 돌렸다.

"이제 더는 우리 정보가 유출되지 않을 것 같지? 어때?"

데비가 눈을 반짝이며 물었다.

"아니야."

팀이 한참을 곰곰이 생각하더니 대답했다.

"뭐가 또 아니야? 팀, 너는 진 거야. You lost. 알겠니?"

데비가 팀을 향해 짜증을 냈다.

"아니야."

팀이 단호하게 부정했다.

"팀, 왜 그렇게 생각하는데?"

키탄잘리가 물었다.

"메모지가 든 봉투 중 몇 개는 이미 열려 있었어. 메모지를 가지고 있던 사람이 메시지를 바꾼 거면 어떻게 할 거야? 'Lost'를 'Won'으로 바꿨을 수도 있잖아?"

팀이 말했다.

"팀, 어쩜 너는?"

데비는 머리끝까지 화가 나서 얼굴이 붉으락푸르락 폭발하기 직전이 되었다. 그러고는 팀에게 달려들려는 것을 키탄잘리와 예니가 겨우 뜯어말렸다.

키탄잘리와 예니, 팀과 라이언은 설명서에 다음과 같은 규칙을 추가하여 알리시아에게 전해 주었다.

10. 메시지를 열어 보거나 바꿀 경우 기록으로 남긴다.

얼마 후, 클라우드 업체와 통신사, 구글이 학생들이 게임을 통해 만들어낸 규칙을 가지고 새로운 프로그램을 만들었다. 키탄잘리와 예니, 팀과 라이언은 학교 대표로 뉴스에서 인터뷰도 하고 상금도 받았다. 키탄잘리의 엄마는 너무 기뻐서 아이들이 나오는 뉴스 화면을 녹화해 두었다. 엄마가 별도로 예니와 라이언, 그리고 팀의 동의는 받지 않았지만, 키탄잘리는 이들이 싫어하거나 반대하지 않을 것이라고 생각했다. 인터뷰를 할 때 이미 촬영 장면을 대중에게 공개하는 데 동의했으니까.

학생들은 상금을 어디에 쓸지 한참동안 고민했다. 그러자 데비가 병원비 때문에 치료를 받지 못하는 어린이들에게 기부하자고 제안했고, 모두 데비의 의견에 찬성했다.

앞으로는 무엇을 하고 싶으냐는 인터뷰어의 질문에 키탄잘리와 예니, 팀과 라이언은 발명 대회에 참가할 것이라고 대답했다. 그러자 뉴스 리포터들이 근처에서 아이들이 생각해 낸 발명품을 만들어 줄 수 있는 곳을 이곳저곳 알려 주었다. 아이들은 이 발명품들을 발명 대회에 출품해 상을 받았다. 트로피와 상금도 받았다. 그리고 다시 지역 뉴스와 잡지에도 나왔다. 키탄잘리의 엄마는 너무 기뻐서 또 키탄잘리가 나온 뉴스를 녹화하고 잡지를 스크랩해 두었다. 키탄잘리는 이번에 처음 생긴 동아리치고는 참 많은 일을 해 냈다는 생각이 들어 뿌듯했다.

Challenging Youth

1판1쇄 발행   2021년 3월 31일
2판1쇄 개정증보판 2023년 4월 03일

지은이 송진숙

교정 신선미   **편집** 이혜리
마케팅·지원 이진선

펴낸곳 하움출판사
펴낸이 문현광

주소 전라북도 군산시 수송로 315 하움출판사
이메일 haum1000@naver.com   **홈페이지** haum.kr

ISBN 979-11-6440-326-4 (13800)

좋은 책을 만들겠습니다.
하움출판사는 독자 여러분의 의견에 항상 귀 기울이고 있습니다.